세상에 없는 사람

오성인 산문집

80년 오월을 거쳐 간 어느 시민의 이야기

*

작가의 말

"나는 죽은 사람이어야! 뭐더러 자꾸 이야기를 꺼내냐. 애비는 이미 죽어 자빠진 지 오래잉께 다시는 지난 이야기 같은 거 묻지 말어라, 알었냐?"

언젠가 식구들이 모여 식사 중이던 저녁이었다. 곧 광주민주화운동 기념일이 다가오고 있었고 TV 채널에서는 관련 다큐멘터리를 예고하거나 뉴스를 통해 다시금 달아오른 오월 광주 시내의 분위기를 시시각각으로 타전하고 있었다. 그때 아버지에게 당시의 상황이나 생활에 대해서 이것저것 묻고 있었는데, 어느 순간 감정이 격해진 아버지는 저와 같이 말했다. 분명히 아버지는 식구들 앞에서 식사하면서 TV를 보는 중이었는데 죽은 사람이라니. 그 순간 아버지는 내가 전혀 모르는 사람 같았다. '나는 죽은 사람이어야!'라는 말에는 내가 모르는 아버지가 있는 것이 틀림없었다. 그러나 나는 끝내 그 모습을 알 수 없었고, 이후로 아버지는 내내 죽어 버린 사람으로 있었다. 아버지에게 다가가는 일이 좀처럼 쉽지 않았다. 아버지가 당신을 죽어 버린 사람이라고 자칭한 그날 나는 내 방에서 조용히 울었다. 서러워서가 아니라, 아직도 아버지가 어둡고 깊은 그늘 안에 웅크려 있다는 안타까운 마음과 자식으로서 아무 노력도 하지 못했다는 죄책감 때문이었다.

왜 아버지는 '죽어 자빠진' 삶을 살아야 했을까. 마음이 맞는 극소수를 제외하고 일절 사람을 만나려 하거나 밖으로 나가려 하지 않는 아버지가 도저히 이해되지 않았다. 그런 아버지는 소위 벽이나 다름이 없었다. 말을 걸고 손을 잡으려 해도 무뚝뚝하고 차갑기만 한, 일체의 반응이 없는 벽. 나는 매번 그 앞에서 서성이다가 아무 대답도 듣지 못하고, 진실도 알지 못하고 걸음을 돌리기 일쑤였다. 그게 마음에 걸렸는지 아버지는 가끔 마지못해 문을 열어 주기는 하였으나 벽을 허문 것은 아니었다. 아버지는 애(愛)에서 증(憎)으로, 증(憎)에서 애(愛)로 옮기기를 거듭했다.

그 벽이 허물어지기 시작한 것은 아버지의 치아가 거의 남아 있지 않은 근래부터다. 아버지는 어째서 당신이 지금까지 마음을 잠그고 숨어야만 했는지 지난날에 대해서 조금씩 이야기를 꺼냈다. 떼어내려 해도 떼어지지 않았던 빨갱이라는 꼬리표, 집안 사정으로 인해 원하는 진로를 선택할 수 없었던 좌절감, 본의 아니게 절친한 지기들에게 돌이킬 수 없는 상처를 가했다는 죄책감 등 누구에게도 내보이지 않았던 응어리들이 부쩍 허술해진 입에서 쏟아졌다. 평생을 죽은 사람으로 살았던 아버지가 이해되는 순간이었다.

이 책은 아버지의 그러한 고백을 담았다. 첫 시집 『푸른 눈의 목격자』에서 두 번째 시집 『이 차는 어디로 갑니까』로 건너가는 과정에서 채 드러내지 못한 여백을 여기에서 밝힌다. 소시민의 일상이 어떻게 역사의 흐름에 편입될 수 있는지 귀 기울여 들어 주시길 바란다.

2024년 봄
오성인

—

그늘의 배후

나무깎이 인형의 늦은 고백

에필로그

*

프롤로그

하필

"하필이먼 어째 이리도 똑같어 븐다냐. 지독시룹다
잉…."

십칠 년 전인 2006년 11월 28일, 입대 영장을 받은 뒤
의정부에 있는 306 보충대대로 가는 도중 아버지가 혼잣
말처럼 중얼거렸다. 그 말에 담긴 의미를 알아내기까지
십 년 넘는 시간이 걸렸다.

아무리 시대가 변하고, 길이 좋아졌다고는 하지만 한
반도 남녘 끝자락이나 다름없는 나주에서 의정부까지 한
번에 향하는 일은 결코 녹록지 않았다. 그래서 중간 지점
인 정안휴게소에서 쉬어 가는데, 아버지는 여기에서 다시
금 의미심장한 말을 했다.

"그라도 인자는 옛날맹키로 쪼인트 까불고 무식하
게 굴려 블드는 않드마. 총부리 들이대믄서 겁주지도 않
고…… 요 정도믄 군 생활 할 만해야."

그 말을 끝으로 아버지는 의정부에 다다를 때까지 줄
곧 침묵했다.

유년의 기억 속 아버지는 늘 이처럼 말이 거의 없었다.
무엇엔가 생각에 잠긴 채 말없이 앞서 걷다가 이내 주변
에 아무도 없는 것을 인지하고는 멍한 표정으로 뒤를 돌
아다보곤 했다. 어딘가 마치 그늘이 드리워 있는 듯한 아
버지였지만 이따금 손을 잡게 되면 미지근한 체온이 느껴
졌다. 아버지는 양지와 음지를 수시로 넘나드는 것 같았다.

2007년 여름, 정기휴가 중 동생(왼쪽)과 함께

정안휴게소를 출발하여 세 시간 정도를 더 달린 뒤 우리 가족은 의정부에 도착했다. 입영 시간이 얼마 남지 않은 까닭에 차에서 내리자마자 서둘러 부대 안으로 들어갔다. 입구와 연병장을 오가며 분주히 입소 장정들을 통제하고 안내하는 장병들을 바라보며 아버지는 군대라는 곳이 두렵고 낯설기만 한 나에게 계급이나 당신이 복무할 당시의 생활상 등을 이야기해 줬다.

"작대기 둘, 쟈는 일병이구마잉. 그 옆에 네 줄 아그는 병장이고… 쟈는 조만간 제대하겠다. 저때 가장 조심해야 써. 낙엽 한 장에도 크게 다친당 말이시. 아따, 그나저나 별나게 변해 부렀다잉. 우리 때는 안내고 나발이고 그딴 거 없었시야. 입구에서부텀 기고 구르고 차이면서 진흙 범벅으로 들어갔는디……."

'입구에서부터 기고 구르고 차이면서 진흙 범벅으로 들어갔다'는 아버지의 말에는 이십팔 년 전, 사람이 사람으로서 대접받지 못한 야만의 시대를 지나온 자의 넋두리가 짙게 배어 있었다. 시간은 흘렀고 시대는 변했다. 갓 입소한 청춘들을 향해 입에 담지 못할 온갖 욕설과 발길질이 난무했을 자리에서 군악대가 군가를 연주했고, 현역 장병들은 입소하는 장정들을 정중하게 환영했다. 하지만 아버지의 기억 중 일부는 여전히 서슬 퍼런 시절에 머물러 있다는 것을 나는 어렴풋이 짐작할 수 있었다.

"군대도 사람 사는 곳인디… 거리감은 어떻게 할 수 없는 것 같다잉. 건강히 잘 다녀오니라."

모든 환영 행사가 끝나고 가족들과 작별하는 시간에

아버지는 이렇게 말했다. 짐작하건대 자식인 내가 당신과 똑같은 비운을 겪지 않기를 속으로 거듭해 바랐으리라. 북한이 장거리 미사일인 대포동 2호를 포함한 미사일 7기를 함경북도 화대군 무수단리에서 잇따라 발사하고 정세가 걷잡을 수 없이 요동치는 시기였다. 과거 유신체제와 신군부라는 소용돌이를 온몸으로 통과한 아버지가 한차례 폭풍 속으로 들어가는 자신의 피붙이를 바라보고 있었다.

지금부터 내가 쓰고자 하는 이야기는 보잘것없는 어느 개인의 이야기이다. 어떤 관점에서는 동시대를 살아온 모든 아버지들의 이야기이자, 평범한 소시민의 삶이 어떻게 역사라는 거대한 물줄기로 편입되는지에 대한 과정을 보여 주는 다큐멘터리라고도 할 수 있겠다. 자식으로서, 차마 고백하지 못한 아버지의 슬픔을 진솔하게 기록하고자 한다.

레닌의 언덕으로 여러분을 모신다.

*

슬픔의 족보

"어이, 오 주무관! 오늘은 순천 좀 댕겨와야 쓰겄어. 중
헌 일이 생겼네."

"순천이믄 쪼깨 거리가 있는디… 뭔 일인디요?"

"우리 하는 일이 다 걱서 거근디… 암시롱 긍가."

동생과 내가 태어났을 무렵, 대학에서 경영학을 전공
한 아버지는 벌교세무서에서 말단 공무원으로 일했다.
사회 초년생으로 직장에 다니는 일이 수월하지 않았겠지

만, 아버지는 업무로 바쁜 와중에도 틈틈이 어머니를 도와 육아에 힘썼다. 유모차에 어린 우리 형제를 한꺼번에 태우고 벌교천 제방을 걷거나 집과 직장이 거의 맞닿아 있었던지라 어머니가 점심을 준비할 무렵 집에 들러 우리와 놀아 주기도 했다.

벌교세무서에서 아버지가 담당한 업무는 당시 관할 지역이었던 보성, 고흥, 순천, 광양 등지에서 밀린 세금을 징수하는 것이었다. 세금을 조금이라도 줄이거나 내지 않기 위해 어떻게든 버티면서 은근슬쩍 넘어가려는 체납자와, 수단과 방법을 총동원해 반드시 세금을 거둬들이려는 공무원들의 힘겨루기는 오늘날과 크게 다르지 않았다.

그런데 이날 아버지는 세무서에 들어간 이래 최대의 난관을 맞닥뜨리게 된다. 세금을 징수해야 하는 장소가 순천 시내에 있는 나이트클럽이었던 것이다. 밤 문화 발상지 대부분이 그렇듯, 그곳 역시 지역의 지하 권력과 은밀하게 유착되어 있었다. 말단 공무원으로서 '상부의 지시'를 거절할 자격이나 명분이 없는 아버지는 일을 순순히 받아들일 수밖에 없었다. 그런 당신은 군 복무 시절 울며

겨자 먹기로 '따를 수밖에 없었던' 잘못된 명령을 떠올리고는 질끈 눈을 감았다.

'장소랑 사람만 바뀌고 어째 바뀌지를 않는다냐…'

그날 저녁, 미리 약속을 잡은 아버지는 문제의 나이트클럽을 찾았다. 클럽의 안팎으로 휘황찬란한 네온사인이 장식되어 있었다. 클럽 관계자로 보이는 사람에게 다가간 아버지가 이곳을 방문하게 된 자초지종을 이야기하자 그는 잠시 기다리라며 아버지를 클럽 입구에 세워 두고는 위층으로 올라갔다. 얼마간의 시간이 흐르고 지배인으로 보이는 사람이 방금 전의 관계자와 함께 입구로 내려왔다.

"아이고, 어서 오십시오. 벌교세무서에서 나오셨다고요?"
"예에, 거시기… 세금이 밀려 있는 게 있어서 왔습니다."
"그러시구만요. 글므는 저희 따라오십시오."

말이 끝나기 무섭게 직원이 앞장을 서고 그 뒤를 지배인이 따라갔다. 아버지도 조심스레 그들을 따라 걸음을 옮겼다. 이윽고 도착한 곳은 나이트클럽 안에 있는 지배인의 방이었는데 방을 찬찬히 둘러본 아버지는 식은땀을 흘렸다. 벽면 곳곳에 여러 종류의 일본도가 걸려 있었고 호랑이, 곰 등 각종 맹수를 박제하거나 그것들의 가죽으로 만든 잡화들이 즐비했으며 얼핏 보기만 해도 값비싼 양주 수백 병이 장식장 여러 채에 나뉘어 빼곡하게 진열되어 있었다. 지배인의 팔과 목덜미가 움직일 때마다 틈틈이 문신이 드러나기도 했다. 긴장한 채 서 있는 아버지에게 지배인이 다가와 말을 걸었다.

"뭘 그렇게 서 계십니까. 여그 앉아서 편하게 말씀하세요."
"네… 고맙, 고맙습니다."
"긍께, 오늘 오신 이유가… 세금이 밀려 있어서라고 했지라?"
"예, 여기 가져온 서류들이 있는데 보여 드리겠습니다."

아버지는 자신도 모르게 마른침을 삼켰다. 운동신경이 좋고 체격 또한 다부진 아버지였지만 뒷골목 큰손들을 마주하니 더럭 오금이 저렸다. 길지 않은 시간 동안 오만 가지 생각이 나고 사라지는 사이 아버지가 건넨 서류를 살핀 지배인 사내가 말했다.

"벌교세무서라믄 이런 일로 연락 자주 받습니다. 나가 그짝에 있는 ㅁㅁㅁ, △△△ 양반들이랑도 잘 알고 지내는 디요."

마음은 가시방석이었지만 우려했던 것과는 달리 지배인이 완만한 태도를 보이자 아버지는 긴장을 한시름 덜 수 있었다.

"저희가 사실은 보시는 것보다 사정이 많이 열악합니다, 선생님. 밀린 세금은 다음에 반드시 완납헐 테니께요. 돌아가시면 내일 그짝에 잘 좀 말씀드려 주십시오. 먼 길 오셨는디… 그냥 가시면 안 되겠제요잉. 저녁 드시고 천천히 가십쇼."

잠시 후 지배인은 넓은 방 하나를 잡더니 직원들을 시켜 주안상을 보게 하고 도우미들을 불러들인 뒤 아버지를 대접했다. 지배인이 잇따라 채워 주는 술잔을 연거푸 들이켠 아버지는 긴장이 풀려 금세 만취해 버리고 말았다. 어쩌면 아버지는 무기력하기 그지없는 당신을 독한 술에 담가 녹여 버리고 싶었는지도 모르겠다.

그렇게 팽팽한 긴장감이 흐르는 가운데 광란의 밤을 보내고 다음 날 새벽 아버지는 간신히 정신을 수습해 벌교 집으로 귀가했다. 이때 셔츠에 묻은 립스틱 자국을 본 어머니가 경악하고 아버지와 크게 다퉜다.

"오매오매! 미쳤어, 미쳤어! 아무리 업무라고 해도 글제, 제정신이요?"

"아니, 나라고 그런 델 가고 싶었겠능가. 미안허네."

그러나 단단히 화가 난 어머니는 어린 나와 동생을 데리고 곧장 광주의 큰이모 집으로 가 버렸다. 아버지는 몇차례 전화를 걸어 정황을 설명하고 설득하려고 했지만 번번이 애를 먹었다. 어머니의 마음을 달래기 위해 아버지는 벌교 집을 비우고 광주 화정동 조부모님 댁으로 올라가 여러 날을 머무르면서 매일같이 양림동에 있는 큰이모 댁을 찾아가 해명하고 용서를 구했다. 그 과정에서 큰이모에게 혼이 나는 등 차마 웃지 못할 일을 겪기도 했다.

우여곡절 끝에 어머니와 화해하고 벌교로 돌아온 아버지는 며칠 뒤 세무서에 사직서를 제출했다. 벌어먹고 사는 일이 중요하다 해도 그렇게 구차하게 굴며 살고 싶지는 않았다. 그렇게 공무원이라는 세계에 환멸을 느끼고 자연인이 된 아버지는 이후 대학 시절 지기들과 친지들의 소개를 받아 순천, 정읍, 인천, 의정부 등지로 직장을 옮겨 다닌다.

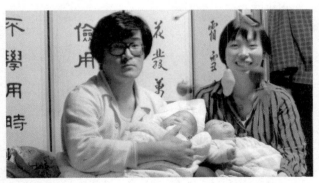

아버지와 어머니

개명

"아버님……."

2014년 2월 20일, 대장암으로 투병해 오시던 할아버지가 운명하셨다. 광주 화정동에서 당신이 나고 자란 고향인 나주로 생활 터전을 옮긴 지 삼 년 만이었다. 상태가 심상치 않음을 직감한 할머니의 연락을 받고 새벽에 급히 달려간 아버지가 임종을 지켰다. 날이 밝은 뒤 어머니와 내가 들어섰을 때 할아버지는 천장을 바라보며 마치 잠이 든 것처럼 누워 있었다. 쓰러지듯 주저앉으며 흐느끼는 어머니를 뒤로하고 나는 할아버지 곁으로 가만히 다가가 엎드렸다. 그러고는 아직 체온이 가시지 않은 손을 처음이자 마지막으로 꼭 잡아 드렸다. 한바탕 죽음의 공포가 덮쳤다가 지나간 손바닥의 깊고 얕은 골짜기마다 식은땀이 맺혀 있었다.

"무언가 하고 싶은 말씀이 있으셨던 것 같은디… 숨이 차서 못 허시고 눈물만 떨구시데. 입이 닫히지 않아서 임시방편으루다 턱이랑 가슴 사이에다가 베개 갖다 대었네."

전남 나주시 공산면 상구마을. 앞의 나무는 천연기념물 제516호로 지정된 호랑가시나무로 국내에서 가장 크다.

여전히 말없이 손을 잡아 드리고 있는 내 뒤에서 아버지가 어머니에게 임종 순간을 이야기했다. 얼마 후 장의업체 관계자가 와서 시신을 수습해 옮기기 전까지 한참을 나는 할아버지 옆에 머물러 있었다. 아마도 그때 나는 내가 가진 체온 일부를 전하면서 할아버지가 지나온 시간과 삶을 이제야 비로소 이해하노라고 속삭이고 싶었는지도 모르겠다. 그러나 이런 내 목소리가 닿기에 할아버지는 이미 아득히 멀어져 있었다.

'처음이자 마지막으로' 손을 잡았을 만큼 할아버지는 늘 과묵했다. 말수가 거의 없다시피 했고, 다른 사람들과 어울리는 자리에서도 그다지 살갑지 않았다. 그런 이유로 나는 간혹 할아버지가 무서울 정도로 무겁게 느껴지기도 했다. 보이지 않는 분명하고도 견고한 벽이 있는 것 같다. 유감스럽게도 할아버지의 이런 성품이 아버지에게 고스란히 이어져서 나는 절대 어른들의 전철을 밟지 않겠다고, 내 선에서 그 끈을 끊어 버리겠다고 속으로 자주 다짐했었다. 그런데 여기에는 내가 모르는 속사정이 있었다.

할아버지는 광주에서 무안 일로로 이어지는 길목 중

간에 위치한 전남 나주 상구마을에서 칠 남매 중 막내로 태어났다. 국내에서 가장 큰 호랑가시나무가 있는 바로 그 마을인데, 나주를 본향으로 하는 오씨들이 모여 살고 있는 곳 중 하나다.

할아버지의 원래 이름은 '병선'이었다. 형제들 중 재능이 출중해 집안의 기대를 한 몸에 받았다. 일제의 수탈과 탄압이 극심해 그 여파로 가세가 기울어 궁핍했지만, 집안사람들의 지원과 격려에 힘입어 나중에는 광주농업학교(전남대 농대의 전신)에 들어가게 된다. 하지만 공교롭게도 입학하던 해에 한국전쟁이 발발하면서 학업을 중단하고 나주 고향 집으로 돌아간다. 그리고 얼마 지나지 않아 평생 할아버지의 발목을 잡는 사건이 벌어진다.

전쟁이 발발한 지 삼 일 만에 서울을 점령한 북한군은 파죽지세로 남하해 7월 19일경에는 대전마저 함락되는 지경에 이른다. 이어 26일에는 호남 지역마저 북한군 수중에 떨어지며 나주 또한 동족상잔의 참화를 피하지 못했다. 이때까지만 해도 할아버지는 피난을 가지 않고 고향 집에 머물러 있었는데 인근 마을에 사는 지기와 형들이 다급하게 찾아왔다.

"아이, 병선아! 너 집에 있냐? 병선아!"

"성님들 오셨소? 워쩌케 난리통에 밸일들 있소?"

"아야, 지금 이러고 있을 때가 아니어야! 얼른 피해야
한단 말임시!"

"인자 집 나가 가지구 으디로 피헌대요. 저지른 죄두
없는디 생사람 잡그야 허겄소?"

"이 사람아! 인민재판인가 무시긴가 헌덥시고 사람들
을 보는 족족 전부 끌고 가싼다는디, 여그 있다가 자네도
죽는당께! 아버님 어머님은 우리가 따로 모시고 갈긍께
서둘러 피하소!"

"성님들은 워쩌케 하고요?"

"너 피허믄 우리도 피할 거여. 후딱 짐 싸 갖구 나와라
잉. 시간 없단 말다!"

친우들의 끈질긴 설득으로 할아버지는 마을에서 멀
리 떨어진 깊은 산중으로 은신한 뒤 여러 날을 보낸다. 그
러다가 보안원들이 철수했다는 소식을 듣고 마을로 돌아
왔는데 그만 청천벽력 같은 소식을 듣게 된다. 산중으로

피신한 사이 마을에 남아 있던 동무들이 후퇴하던 인민군에 의해 목숨을 잃은 것이었다. 불시에 막역한 고향 친우들을 잃은 할아버지는 곡기를 끊을 정도로 한동안 실의에 빠져 무기력하게 지낸다.

"산 사람은 살아야 쓸 거 아니냐. 상황 나아지면 다시 광주로 나가자."

보다 못한 집안 친지들이 할아버지를 우여곡절 끝에 추슬러 광주로 나갔다. 그런데 이번에는 국민방위군에 징집될 처지에 놓이고 말았다. 1·4후퇴 시기인 1950년과 1951년 사이에 이승만 정부는 오십만 명 규모의 국민방위군을 징집했는데, 정부 및 군 고위 간부들 일부가 국고금과 군수물자를 횡령하고 착복하여 보급이 제대로 이루어지지 않아 이십만 명이 넘는 장정들이 총도 들어 보지 못하고 굶거나 병들고 얼어 죽었던 것이다. 시인 신동엽(1930~1969)도 당시 피해자 중 한 사람이다.

이러한 사정을 알고 있었던 친지들은 할아버지가 화를 당할 것을 우려하여 병선이라는 기존의 이름을 '광선'

으로 바꾸기로 의견을 모은다. 이로써 당장의 위기는 넘겼으나 이때의 일이 빌미가 되어 전쟁이 끝나고도 잊을 만하면 가족들의 발목을 잡는다. 가족의 생계를 책임져야 했던 할아버지는 학업을 중도 포기하고 일찌감치 광주시청 수도설비과에 들어가 일했는데, 매번 진급이 누락되었던 것이다.

"오광선 씨? 이게 전과로 남겨져 가지고… 진급은 어렵겠소."
"……"

이러한 할아버지의 내력은 아버지에게 고스란히 대물림되어 그동안 내가 이해하지 못했던 아버지의 고통스럽고 암울했던 삶으로 나타난다.

장례를 마치고 진회색의 분골로 변해 나온 할아버지를 어루만지는 나에게 아버지가 말했다.

"사람이 죽었어도 지독시러울 맹키로 따라붙는 것이 있더라. 뼈도, 이름도 아닌……."

죽음으로도 덮어지지 않는 어떤 것들을 잊기 위해서였을까. 할아버지는 그래서 유독 노래에 심취했었던 것 같다. 광주 화정동에서 살 때의 일이다. 어쩌다 할아버지 댁으로 심부름을 갈 적이면 당신은 혼란이 거듭되던 당대에 위로처럼 불린 유행가를 듣는 데 여념이 없었다. 할아버지는 주로 백년설과 남인수, 이미자의 노래를 즐겨 들었다. 그러나 그 어떤 노래도 할아버지의 상처를 아물게 할 수 없었다는 것을 나는 안다.

할아버지의 장례를 마친 날, 음복할 때 큰고모가 "꼭꼭 씹어라. 할아버지 살과 뼈 안까지 골고루 씹는다 생각하고…."라며 생밤 하나를 권했다. 음복이라기보다 슬픔의 진원지를 파악하는 일이라고 하는 것이 옳았다. 내 안의 슬픈 세포들을 하나씩 깨우던 날이었다.

두물머리

    유년의 기억에서 결코 잊을 수 없는 장면 중 하나는 '하관(下棺)'이다. 어머니를 비롯한 일가친척들이 깊게 판 구덩이 주위를 반시계 방향으로 천천히 돌면서 허토하던 모습이 불과 며칠 전 일처럼 선연하다. 어린 나의 고사리 손에도 흙 한 줌이 쥐어졌고 어머니의 도움을 받아 관 위에 흩뿌렸다. 한때 이승에 머물렀음을 증명하는 몇 줄의 기록과 이름만을 남기고 영원한 잠 속으로 들어가는 고인을 바라보며 흐느끼는 어른들 틈에서 죽음의 의미와 그것의 무게를 알지 못했던 나는 마냥 천진난만했다. 그 후 차츰 시간이 흐르면서 베일에 가려져 있던 사연들을 알게 되었고, 죽음의 무게가 서서히 체감되기 시작했다. 알게 모르게 나는 죽음과 함께 자란 셈이었다.

잠시 어머니에 대한 이야기를 하고자 한다. 어머니는 1960년 7월, 광주 유동에서 양복점을 하고 있던 외할아버지의 2남 3녀 중 막내딸로 태어났다. 집안 사정으로 국민학교(초등학교)만 간신히 졸업한 외할아버지는 손재주가 빼어나 어떤 일에 착수하게 되면 금방 심취하는 성격이었다고 한다. 그로 인해 일찍부터 여러 가지 기술을 연마했는데, 전쟁의 후유증이 완전히 가시지 않은 데다가 가장으로서 식구들의 의식주를 책임져야 했으므로 의복을 만들었던 경험을 살려 소박한 양복점을 차린 것이었다. 그러나 다섯 식구가 살기에 집이 턱없이 비좁았으므로 어머니는 여섯 살이 되던 해에 다른 형제자매들과 함께 장성의 외증조할머니 댁에 맡겨지게 된다.

어머니 형제들에 의해 주로 '기씨(행주 기씨) 할머니'라 불리었던 외증조할머니는 아들인 외할아버지가 양복점을 운영하느라 눈코 뜰 새 없이 바빴던 까닭에 어린 손자들을 홀로 도맡아 보살폈는데 여기에는 사연이 있다. 마을 이웃이었던 외증조할아버지 부부는 집안 어른들의 소개로 일찍 혼례를 올리고 외할아버지와 외고모할머니 남매를 두었다. 외증조할아버지는 언제나 손을 꼭 잡고 외출할 정도로 외할아버지 남매를 끔찍이도 아꼈다.

  그런데 1930년대 당시, 외증조할아버지가 어린 남매와 함께 자주 다녔던 곳은 광주나 인근 남도 지역이 아닌 거리가 상당한 만주 지역이었다. 어머니가 외증조할머니

광주 양림동 외가에서 외할아버지(1998년 12월 작고)와 어린 필자

로부터 전해 들은 바에 의하면 구체적 정황은 이렇다. 만주에 갈 적이면 외증조부는 두루마기를 말끔히 차려입고 중절모를 눌러쓴 뒤 어린 자식들과 집을 나섰는데, 손에는 언제나 화폐로 추정되는 물건을 가득 채운 보자기가 들려 있었단다. 그렇게 만주로 출타했던 외증조할아버지는 며칠이 지난 뒤 빈손으로 국내에 돌아왔는데 이 일이 한두 번이 아니었다고 한다.

그러다가 여느 때처럼 만주로 떠난 외증조할아버지는 외고모할머니를 만주에 살고 있는 지인에게 맡겨 둔 채 외할아버지만을 대동하고 귀국한다. 무언가 심상치 않은 일이 있음을 직감한 외증조할머니가 이유를 물으니, "분위기가 하도 삼엄해서 어떻게 할 수 없었다."는 대답만 돌아왔다고 한다. 그리고 그로부터 얼마 지나지 않아 다시 경성(서울)에 일을 보러 갔던 외증조할아버지는 갑작스럽게 싸늘한 주검이 되어 돌아온다. 치아를 뽑던 중 불미스러운 사고가 일어났다는 것이 집안사람들의 말이었다.

그런 외증조할아버지의 모습을 어머니는 장성에서 어린 시절을 보내는 동안 영정 사진으로나마 드문드문 뵈었다고 하는데, 지금과는 다른 형태의 태극기(세로 형식)를 배경으로 삼고 양복을 단정하게 갖춰 입고 있었다고 한다. 외증조할아버지에 대한 이야기는 여기까지가 전부다.

한편, '분위기가 삼엄하여' 불가피하게 만주의 지인에게 맡겨진 외고모할머니를 다시 장성의 고향 집으로 데려오기 위해 외증조할머니는 친척들과 같이 백방으로 뛰어다니지만 일제의 감시와 탄압이 극에 달했던 까닭에 번번이 실패하고 만다. 틈틈이 기회를 엿보며 기다리던 중, 1945년 8월 15일, 일제의 무조건 항복으로 해방을 맞게 되었고 그 틈을 타 만주로 나가려던 찰나 38도선이 그어지면서 결국, 외증조할머니는 딸과 영영 생이별을 해야만 했다. 그렇게 본의 아니게 여생을 중국에서 살게 된 외고모할머니는 1987년이 되어서야 잠시나마 귀국하여 비로소 그리운 가족들과 재회했고(이 기간에 출산을 마친 어머니 대신 막 태어난 필자를 돌봐 주었다), 이후 한동안 소식이 뜸해졌는데 내가 첫 시집을 냈던 지난 2018년 겨울, 당신이 여생을 보냈던 만주에서 작고하셨다고 한다.

장성에서 지내는 동안 외증조할머니로부터 전해 들은

집안의 사연이 어머니 안의 감성 세포를 자극이라도 한 것이었을까. 광주 수창초등학교를 졸업한 어머니는 중앙여중(現 금호중앙중학교)과 조대여고를 거쳐 조선대 미대에 들어간다. 어머니보다 앞서 중앙여중에 들어간 작은이모가 미술을 가르치는 자신의 담임 선생님을 소개해 줬고, 그분을 따라 화실에 드나들면서 어머니는 자연스레 미술학도의 길로 들어섰다고 한다.

군부독재정권의 감시와 탄압에도 불구하고 민주화를 향한 열망이 곳곳에서 쇳물처럼 끓어오르던 시절, 어머니는 군중 앞에 나서서 몸으로 직접 부딪쳐 저항하기보다 당신의 심경을 형상화하여 서슬 퍼런 시대와 연대하기를 바랐다. 그러던 어느 날 작품 구상과 창작을 위해 사직공원 내의 동물원을 찾았다. 천천히 동물원을 돌던 어머니는 문득 유인원 전시관 안의 침팬지 우리 앞에서 오래 걸음을 멈춘다. 철창살을 부여잡은 채 포효하는 침팬지들에게서 80년 오월의 모습이 오버랩 되었기 때문이다.

"광주항쟁 때 희생된 사람들 시신을 도청 앞에 있는 상무관에 안치했었는디 항쟁이 끝난 뒤에도 그 앞을 지나갈 때마다 얼마나 뿌려댔는지 포르말린 냄새가 진동을 해싸야. 그란디 사직공원 침팬지 우리에서 꼭 같은 냄새가 나서 무담시 눈시울이 붉어지던 거 있제."라고 어머니는 당시의 상황과 감정에 대해 이야기했다. 그렇게 영감을 얻은 어머니는 즉시 그 자리에 앉아 거침없이 그림을 그리기 시작했는데, 나중에 특선에 입상한 이 작품이 내가 졸시로 다시 쓴, '닫힌 공간의 비가(悲歌)'다.

그러나 그림이라는 나름의 방식으로 시대를 돌파한 어머니의 노력과는 별개로 외증조할아버지 때부터 이어진 집안의 비극은 끊이지 않았다. 어머니가 대학을 졸업하기 일 년 전, 큰외삼촌이 군 복무를 마치고 제대했는데 입대 전 앳되고 둥글었던 얼굴이 불과 삼 년 만에 피골이 상접해 있었다고 한다. '광주에서, 불순분자가 들어와서 군 기강을 무너뜨리고 어지럽힌다'는 이유로 부대 내에서 선임병들과 간부들로부터 수차례에 걸쳐 폭언과 구타를 당했기 때문이었다. 자궁암 투병 중이었던 외할머니는 폐인이 된 외삼촌 모습에 큰 충격을 받아 병세가 더욱 악화되었고 끝내 내가 여섯 살이 되던 1992년에 돌아가시고 말았다.

오른쪽 첫 번째 분이 분단으로 인해 홀로 만주에 남겨졌던 외고모할머니이다.

　그로부터 이 년 뒤, 군 복무 중에 당했던 가혹행위 후유증과 생활고에 시달리던 큰외삼촌은 배우자인 외숙모와 아직 어린 사촌 자매들을 남겨 둔 채 제초제를 마시고 스스로 목숨을 끊었다. 어머니 말씀에 의하면 임종이 가까워진 큰외삼촌의 손을 나와 동생이 번갈아 잡아 드렸다고, 의식이 희미한 와중에도 큰외삼촌은 그런 우리 형제를 반겼다고 한다.

외삼촌이 스스로 목숨을 끊은 지 사 년 뒤에는 외할아버지마저 뇌출혈로 쓰러져 수술을 받다가 돌아가셨으며, 어머니가 미대에 진학하는 데 결정적으로 도움을 줬던 작은이모도 몇 해 전 암 투병 끝에 운명했다.

두물머리라던가. 북한강과 남한강, 두 물길이 만나는 합류점.
사람에게도 두물머리가 있다.

아버지로부터 시작된 모질고 질긴 연좌제라는 운명,

1979년 조선대 교정에 선 어머니

외증조할아버지로부터 이어진 죽음의 계보. 아버지와 어머니가 만나 이룬 비극의 두물머리가 내 삶과 시의 발원지라는 생각이 든다.

*

폐허의 봄

천변에서 보낸 유년

광주 무등산의 서쪽 운림동에 있는 성촌마을 일대에서부터 발원해 흘러 내려가다가 소태동 원지교 부근에 이르러 광주천과 합류하는 증심사천. 거기에서 멀지 않은 천변 마을에서 아버지는 어린 시절을 보냈다. 집 바로 앞에 하천이 있었으므로 봄에나 겨울에나 비가 오든 눈이 오든 아버지는 틈만 나면 물가에 내려가 시간을 보냈다고 한다.

때는 1960년대 중반, 동족상잔의 비극이 그친 지 십여 년이 지났지만 언제, 어디, 어느 곳을 가도 대부분 복구가 제대로 이뤄지지 않은 상황이었고, 주변이 온통 황폐한 중에도 어떻게든 먹고사는 문제는 해결해야 했기에 광주 농업학교를 나온 할아버지는 당신의 전공과는 무관한 시청 수도과에서 밥벌이를 해야 했다. 광주 시내 수도관들이 어떻게 얽히고설켜 있는지 눈 감고도 알아낼 수 있을 정도로 오래 몸담았다.

하지만 할아버지 혼자만으로는 어린 아버지 형제들을 먹여 살리는 데 역부족이어서 할머니는 조그만 건물 한 채를 얻어 한복집을 열었다. 고향인 해남에서 집안 어른들 어깨너머로 일찍이 바느질 등을 익혀 놓은 덕분이었다. 간판은 한복집이었지만 갓난아이의 배냇저고리를 짓거나 닳고 해진 갖가지 옷을 꿰매어 수선하기도 했다. 할아버지와 할머니의 이러한 노력으로 아버지 형제들은 간신히 생활고를 면할 수 있었다.

시절이 이러하였으므로 아버지는 할아버지나 할머니로부터 오늘날 부모님들처럼 자상하고 살가운 모습을 감

아버지가 유년 시절을 보냈던 지원동 옛집 골목길. 바닥 곳곳에 복개의
흔적이 있다.

히 기대할 수 없었는데, 무등산 주변 산과 들녘을 골고루
적시며 흐르는 증심사천은 할아버지와 할머니의 빈자리
로 인해 정서적 갈등을 느끼곤 했던 아버지의 마음을 달
래 주는 젖줄이었다.

학교에서 돌아오기 무섭게 곧장 천으로 내려간 아버지가 가장 먼저 하는 일은 땀과 먼지로 찌든 몸을 연거푸 씻어내는 일이었다. 그러고는 집 안에 있는 창고에서 당신이 손수 만든 뜰채를 가져와 고기를 몰았다. 그러면 피리(피라미), 송사리, 버들치, 각시붕어, 모래무지 등 다양한 민물고기들이 잡혔다. 아버지는 이따금 그것들로 매운탕을 만들어 또래 친구들을 불러서 대접했다.

천변 첫 번째 집(광주광역시 동구 학소로). 작은아버지와 작은고모가 태어나기 전 무렵인 이때는 집의 규모가 작았다.

지금에야 주변에 여러 상업 및 주거 시설이 들어서고 생활하수가 유입되면서 수질이 나빠진 까닭으로 생명이 살아가기 어렵게 되었지만, 아버지 유년 시절의 광주천은 천렵을 하다가 목이 마르면 바로 떠서 마셔도 아무 탈이 없을 정도로 맑고 깨끗했다고 한다. 그것을 증명하는 것이 바로 '가재'인데 오직 1급수여야만 생존할 수 있는 생물이기 때문이다. 물가에서 시간을 보내다가 가재 여러 마리를 잡게 되면 더할 나위 없이 운수 좋은 날이었다고 아버지는 들려주었다. 밥 먹고 돌아서면 곧잘 허기가 지곤 했던 시절, 가재로 만든 요리는 심심한 입을 달래 주는 별미 중의 별미였다.

　내가 초등학교에 다닐 무렵, 순탄하지 못한 생활로 깊은 시름에 잠긴 아버지는 '저러다가 돌아가시겠다' 싶을 정도로 곡기를 끊고 아침저녁으로 술만 마셨다. 그러다가 기운과 정신을 되찾은 날이면 으레 어린 우리 형제를 데리고 나주, 장성, 담양, 멀게는 전라북도 고창까지 광주와 전남 인근 시골의 저수지 등을 찾아 낚시를 즐기곤 했는데, 언젠가 아버지에게 무슨 어종을 좋아하시냐고 물었던 적이 있었다. 그때 아버지 대답이 바로 어제 들었던 것처럼 선명하다.

첫 번째 집에서 멀리 있지 않은 두 번째 집. 형제들이 늘자 마당이 있는 집으로 옮긴 것 같다.

"아빠는 요, 요 피리가 시상 가장 좋아야. 등이며 배며 얼마나 고와 브냐. 화려하지도 않고, 성질은 또 을매나 온순헌디. 붕어는 말이시, 지 승질 못 이겨서 가끔 지가 난 알을 갖다가 먹어 치워 버리는디 야는 안 그래. 그라믄서 생명력도 끈질기고잉."

'생명력도 끈질기다'고 말하면서 한동안 손바닥 위의 피리를 말없이 응시하는 그날 아버지 눈빛은 어딘가 어둡고 쓸쓸했다. 어쩌면 아버지는 피리에게서 당신의 모습을 마주했을지도 모르겠다. 그런 아버지는 집으로 돌아가기 전 잡은 고기들을 모두 도로 놓아주었다.

십 년 전 일이 떠오른다. 4대강 공사를 위해 물을 막고, 바닥을 갈아엎는 일련의 광경들을 바라보던 아버지가 격앙된 목소리로 열변을 토했다. 본류를 막고 파헤칠 것이 아니라 영산강으로 흘러가는 각각의 지류에 생활하수를 정화하는 시설을 여러 개 마련하는 것이 강을 되살리는 지름길인데 지금 공사는 건설업체들 배만 불리는 일이라고 거듭 목소리를 높였다.

그러고는 입을 꾹 다물었던 아버지. 그 말 속에는 어린 시절의 갈증 난 마음을 어루만져 주고 채워 준 중심사천에 대한 아버지 마음의 빚이 작용하고 있었던 듯싶다. 먹고사는 문제에 바쁜 할아버지와 할머니를 대신해 다정하게 다가와 손을 잡아 주고, 밤이나 낮이나 도란도란 이야기를 주고받은 아버지 삶의 일부와 다름없던 중심사천. 이후 아버지는 할아버지의 직장과 당신의 학업 문제로 천변에서 떨어진 곳으로 여러 번 거주지를 옮기는데,

정든 공간으로부터 멀어졌다는 사실에 이루 말할 수 없는 공백감을 느꼈던 듯하다.

아버지 안에는 오랜 천이 흐르고 있다. 그 물길을 따라 걷고 기록한다. 아버지를 걷는다.

통일동산

광주광역시 동구 지원1동 M아파트 뒤에는 조그만 야산이 자리하고 있다. 서산 유씨 문중에서 세장산(世葬山)으로 쓰고 있는 이곳에는 조선 명종 때 사람인 설강(雪江) 유사(柳泗, 1502~1571)의 묘소가 조성돼 있다. 1528년(중종 23년) 문과에 급제한 뒤 여러 요직을 역임했던 유사는 중·명종 때의 명신이었지만 후일 권신들의 횡포에 맞서다가 도리어 모함을 받고 벼슬에서 물러나 낙향하고 만다. 그런 그는 극락강과 황룡강이 만나 영산강으로 흘러

드는 지점인 노평산 기슭에 정자를 지어 이황, 이언적 등 당대 지식인들과 교유하는데 이곳이 바로 광주 명소 중 하나인 호가정(浩歌亭, 광산구 본덕동 소재)이다. '호가(浩歌)'란, '읊조리는 것만으로는 부족해서 크게 소리 내어 노래하다'라는 의미다.

아무튼 오른편에 위치한 무등산 자락 자주봉과 더불어 지원동을 병풍처럼 감싸 안고 있는 형태의, 특별히 전해져 오는 명칭이 없는 이 산을 아버지는 '통일동산'으로 기억했다. 이러한 명칭이 붙게 된 데에는 박정희 정권이 추진했던 정책이 배경으로 작용하고 있었다. 반공을 국시로 삼은 박정희는 반공교육을 효과적으로 활용하고자 전국 각지에 조성된 주민 쉼터마다 '통일'이라는 수식어를 붙였던 것이다. 특히, 당시 지원동 일대에는 지역 향토 사단인 31사단의 예하 부대들이 주둔하고 있었는데 그들은 서산 유씨 세장산에서 가끔 체력을 단련하곤 했었다. 그러면서 이 평범한 마을 뒷산은 통일동산으로 불리기 시작했다.

할아버지의 직장 문제로 어릴 적 아버지는 학교를 세

번 옮겼는데, 광주남초등학교가 첫 번째였다. 오늘날처럼 새로 내고 정비한 길이 많지 않았던 시절, 아버지는 통일동산을 지름길로 삼아 등교했다. 집이 있는 증심사천에서 출발해 십오 분 정도 산을 오른 뒤 잰걸음으로 곧장 내려가면 금방 학교 후문에 도착할 수 있었다고 아버지는 말했다. 똑같은 시간에 집을 나섰지만 다른 또래들은 아직도 학교 근처에도 오지 못한 상황이었다. 시간이 지나 몇몇 친구들이 아버지를 따라 산을 오르내리기 시작했다.

하루도 거르지 않고 산에 오른 덕분에 체력이 늘어난 것은 물론, 자연스럽게 다리 힘도 길러져 걷는 속도도 빨라진 까닭에 증심사천에서 산 정상을 왕복하는 데 소요되는 시간을 대폭 줄인 아버지는 아예 횟수를 늘려서 새벽 일찍 일어나 등교하기 전에 산을 올라갔다 오거나 더나아가서는 무등산 초입 마을인 먹구골과 뒷골까지 다녀왔다. 그런데 자칫 통금 시간(밤 12시부터 새벽 4시 사이 통행 금지)에 걸릴 우려가 있어서 어느 날 노파심이 든 할머니는 아버지를 불러 세우고 말했다.

"아이, 지교야! 잠깐만 거그 스 있어 봐라. 오늘도 산에 가냐잉?"

"예, 엄니. 올라갔다가 오믄 을매나 좋간디요. 왜, 뭔일 있으요?"

"아니, 니 근강에 도움이 된께 좋기는 흐다만 말이시… 글다가 통금에 걸릴까 봐 걱정시러야. 글치 않으도 느이 아부지 옛날에 국방군 그거… 여태 꼬리표 붙어 가지고섬시롱 뜰으지지도 않는 마당인디…."

"하따, 음니도 참맬로 괜한 소리를 하시요잉. 누가 이 시간에, 산속에서 애먼 사람 잡어갈라고 오매불망 기다리

겼소. 더군다나 나 어린 철부지를. 아버지 깰까 싶으네. 싸
게 다녀올라요."

  "……."

  할머니의 노파심에도 개의치 않고 아버지는 지원동
시절 내내 통일동산 오르는 일을 한사코 게을리하지 않
았다. 처음에는 다른 또래들보다 학교에 일찍 가기 위해
시작했던 일이, 이제는 아버지 자신을 위해 하지 않으면
안 되는 일이 되었던 것이다. 그러던 중 아버지는 언젠가

산 정상에 오래 앉아 있다가 날이 저물어 갈 무렵, 학동 방향을 향해 야~호, 굵고 요란한 메아리를 내질렀다.

"몸 아니면 마음의 으딘가가 허전했시야. 근디 산을 오르면 밸라게도 그것이 금방 없어지는 것 같았당께."

아파트 십 층 정도로 그다지 높지는 않았으나 여러 차례 산을 오르내리면서 아버지는 스스로의 마음을 단속했던 것 같다. 증심사천과 더불어 아버지 삶의 한 조각이

통일동산에서 바라본 광주 전경(화순 방면)

라고 해도 과언이 아닌 셈인데 통일동산은 현재 바로 옆으로 제2순환도로가 놓이면서 아버지 기억에서 멀어졌다.

"옛날에는 여쪽으로 시작해갖코롬 자주 무등산으로 다녔시요. 그런데 저거(순환도로) 때문에 요래 나눠져 버려가지고는… 분단동산 되어 버렸제. 아니믄 여 묻혀 있는 양반이랑 묶어 갖구 설강산이라 하든지."

통일동산을 찾은 나에게 인근 주민이 말했다. 영산강 일대를 뒤덮은 녹조류를 보며 격앙된 목소리로 세태를 한탄하던 아버지 얼굴이 문득 겹쳐 보였다.

오줌보 축구공

통일동산을 오르는 일 외에도 아버지는 움직이는 일이라면 조금도 마다하지 않았다. 전국적으로 전후 복구 등이 이뤄지지 않아서 먹고사는 일로 할아버지 할머니가 모두 바쁜 데다 형제자매들이 아직 어리고 성격도 제각각으로 좀처럼 동선이 맞지 않는 까닭에 가족들과의 시간을 갖기 힘들었던 아버지는 주로 또래 친구들과 어울렸다. 키가 크고 몸놀림이 재빠른 아버지를 친구들은 한시도 가만 놔두지 않았다.

"어이, 지교! 집에 가냐잉?"

"그려, 닐 보더라고."

"자식아, 닐 보기는 뭔 얼어 죽을 닐이여? 얼른 여 와라. 같이 뽈 차자."

"아따, 참… 집에 간다니까는."

"야이, 느가 은제부터 집안 걱정을 했다고… 아, 얼른 와야. 그라지 않아도 인원 모잘라 갖구 밀리고 있었는디 너 있어서 잘 돼뿠다."

늘게 배운 도둑질에 날을 샌다고 했던가. 친구들의 끈질긴 성화에 아버지는 못 이기는 척 합류했으나 시간 가는 줄을 모르고 함께 운동을 즐겼다. 아버지가 좋아하는 종목은 야구와 축구였다. 애초 시력이 좋지 않아 안경을 써야 했지만 그런 처지에 일절 아랑곳하지 않은 아버지는 마음껏 공을 차고 던졌다. 그러다가 안경을 깨뜨리게 된 날이면 아버지는 밤새 할머니로부터 걱정 섞인 핀잔을 들어야 했다.

"포도시(겨우) 느이 밥 먹이고 공부 시키는디… 아부지 허리 휘겄다, 휘겄어."

"엄니, 미안허요. 글치만 그것 때문에 공을 안 찰 수는 없잖애라. 야들이 나 없으믄 밀려 븐당께. 깨지지 않게 다른 데다 벗어 두든지 할께라."

그러나 몸싸움이 빈번한 구기종목의 특성상 아무리 조심을 한다고 해도 안경이 파손되는 일은 어쩔 수 없어서 할머니는 결국 얼마 못 가 백기를 들고 말았다. 할머니의 노파심과 핀잔으로부터 한결 자유로워진 아버지는 더욱 적극적으로 공을 다뤘다.

구기종목 가운데서도 특히 축구를 가장 좋아했던 아버지가 주로 맡은 포지션은 공격수였다. 장신에 발까지 빠른 아버지를 막기 위해 또래 여럿이 앞을 막거나 슬라이딩 태클을 걸었지만 역부족이었다.

"야, 지교 그짝으루 간다!"
"아따, 참맬로. 뭐 하냐 거기? 막어, 막어 불으라고!"

치열한 경합을 주고받은 끝에 상대 선수들을 제친 아버지는 골대를 향해 힘껏 공을 날렸다. 오늘날처럼 잔디

가 깔려 있거나 골대라고 하기에도 엉성하기 짝이 없는 운동장이었지만 경기에 임하는 아버지 마음은 프로 선수 못지않았다.

어찌나 삼매경이었는지 학교에서 돌아온 아버지는 틈만 나면 동네에서도 또래들을 모아 공놀이를 즐겼는데, 어려운 시절이었던 탓에 공을 구하기가 여간 쉽지 않았으므로 주변에서 흔하게 구할 수 있는 재료들을 모아 직접 공을 만들었다.

그중 하나는 볏짚으로 만든 축구공이다. 추수를 끝낸 밭에서 가져온 볏짚에 물을 뿌려 축축한 상태로 만든 뒤 새끼를 꼰다. 그렇게 꼬아 놓은 볏짚들을 둥근 형태로 잇고 엮어 모양이 흐트러지지 않게 다시금 겉을 한두 차례 감싸듯 묶는다. 그러면 제법 그럴싸한 축구공이 완성된다.

그러나 이렇게 만들어진 지푸라기 축구공은 탄력성이 떨어진다. 이런 아쉬움을 보완한 것이 돼지 오줌보로 만든 축구공이다. 큰 잔치가 있는 마을에서 돼지를 잡은 뒤 먹기 힘든 부산물들이 버려질 때 오줌보만 몰래 빼돌린다. 그러고는 볏짚으로 만든 빨대로 공기를 주입해 풍선처럼 부풀려서 재빨리 입구를 묶는다. 그러면 지푸라기

로 만든 공보다 꽤 탄력성 있고 훨씬 공다운 공이 만들어
진다.

하지만 이 역시도 치명적인 단점이 있으니 바로 지린
내다. 돼지의 배설물이 들어 있는 곳이니 아무리 박박 씻
어내도 특유의 악취가 사라지지 않았던 것이다. 그러나
아버지에게 탄력성이 떨어진다든지, 지독한 냄새가 난다
든지는 전혀 문제가 되지 않았다. 공만 있으면 언제 어디
서나 즐거웠다.

"공은 참말로 신기해야. 맨들고, 차고, 든질 때마다 너
나 할 것 없이 덩달아 둥글어지는 것 같았응께. 잘났그나
못났그나 공만 있으믄 하나여."

언젠가 거나하게 술이 오른 아버지가 중얼거리듯 들
려준 말이다. 그런데 산과 공을 그토록 좋아했던 당신은
의외의 트라우마를 지니고 있었다.

폐소공포증

"기사님, 기사님! 얼렁 멈추씨요, 스돕! 스돕!"

안내원의 다급한 목소리에 정류장을 떠난 지 채 일 분
도 되지 않은 버스가 급히 브레이크를 밟았다. 이윽고 차
안을 가득 메운 사람들 틈을 헤치고 안색이 창백한 까까
머리 학생이 도망치듯 뒷문에서 내렸다.

"후우… 후우… 인자 숨 좀 쉬겄네. 살았다."

연신 숨을 몰아쉰 뒤 자기도 모르게 털썩, 길바닥에 주저앉아 버린 이 사람은 바로 아버지였다. 지원동 천변에 있는 집에서 나와 학교에 가기 위해 버스를 탔던 아버지는 연신 치밀어 오르는 답답함과 어지러움을 더는 견디지 못하고 도중에 하차하고 말았다. 그렇게 한동안 숨을 고르고 정신을 수습한 아버지는 다시 버스를 잡아타지 않고 걸어서 학교에 갔다.

　"아따, 지교야. 괜찮냐잉? 아까 차에서 많이 안 좋아 보이드마⋯."
　"인파가 징해 갖구 긍가 숨통이 막히드라고⋯ 인자 좀 괜찮다."

　산에 오르는 것을 좋아하고 매일 동무들과 공놀이를 즐기곤 했던 활동적인 아버지였지만 폐소공포증이라는 트라우마를 달고 있었다. 아버지는 방과 후 학교 운동장이나 동네 마을, 한적한 시골길 등에선 당신 세상인 듯 마냥 자유로웠지만 인파로 북적이는 시내 번화가나 버스 안에서는 곧잘 식은땀을 흘렸고 심한 경우에는 호흡곤란과 복통을 호소하기도 했다. 그러나 아버지의 몸에서는 특기

할 만한 질환은 발견되지 않았다.

사정이 이러하자 다른 또래들은 버스를 타기 위해 기다릴 때 아버지는 걸었다. 그런데도 아버지는 친구들보다 가장 먼저 학교에 도착했다. 당시 광주는 지금처럼 넓지 않은 데다가 번화가와 외곽 사이의 거리도 그다지 차이가 나지 않았으므로 그랬을 법한 일이다.

인파가 몰리는 장소를 질색하는 성격은 변함없어서 지금도 아버지는 사람들로 북적이거나 화려하고 소란스러운 장소 대신 조용하고 평온하고 잔잔하고 여유로운 곳을 좋아한다. 그러나 이러한 성격이 그대로 굳어 버린 탓에 좀처럼 바깥으로 나가지 않고, 사람을 만나지 않으려는 아버지가 나는 한편으로는 야속하고 쓸쓸했다.

"어어? 아야, 너 지교 아니여?"

"오매? 너를 역서 다 본당잉. 오랜만이네."

"너 이번에도 도망갈라 그냐? 자식아, 요즘 으디서 으째 지내냐. 살았는지 죽었는지 소식을 줘야 할 거 아니냐잉. 야, 만난 김에 술이나 한잔허자."

"미안하다잉. 나중에, 나중에 천천히 이야기하자. 오

늘은 언넝 가 봐야겄다."

"아이, 자식이 또 도망갈라고. 지교야! 기다려라. 아따,
기다리라고야!"

언젠가 회사 업무와 관련해 광주에 일을 보러 나간 아
버지를 우연히 만난 김용문 삼촌이 대번에 알아보고 불
러 세웠으나 아버지는 수줍어하는 듯하며 잰걸음으로 도
망쳐 나왔다. 아버지는 어째서 이토록 마음의 문을 굳게
걸어 잠갔을까. 아버지는 나에게조차도 마음을 잘 열지
않았는데 그러나 최근 들어서는 마음의 조그만 틈새로
조심스럽게 당신의 속내를 털어놓는다.

"나가 뭔 낯짝으로 그들을 보겄냐… 나가 나를 용서
허지 않었는디……."

아버지는 더 말을 잇지 못하고 연거푸 술잔만 채우고
비웠다. 좀처럼 지워지지 않는 어떤 것들이 아버지를 놔
주지 않고 있는 것 같았다. 그것들을 끊어내기 위한 나름
의 몸부림이었을까. 대학을 졸업한 80년대 중반 어느 날,
아버지는 법정 스님께서 송광사에 계시다는 이야기를 들

고 만취한 채 무작정 순천으로 가는 시외버스에 몸을 실었다. 지금까지의 모든 번뇌와 업보를 끊고 그분의 불제자가 되겠다는 생각에서였다. 그러나 법정 스님이 아무나 제자로 삼을 분은 아닐뿐더러 이미 아버지는 그 전부터 폭음으로 인사불성인 몸이었다. 결국, 일주문 근처에도 가지 못하고 아버지는 집으로 돌아오고 말았다.

세상에게도, 어느 누구에게도 마음을 열지 않은 아버지는 그래서 나에게 애처로우면서 무심한 존재였다. 최근

1987년 늦가을, 벌교에서의 아버지

들어 차츰 아버지가 이해되지만 나는 아버지의 전철을 밟고 싶지 않다. 아버지처럼 등을 지지 않고 사람과 세상 속으로 들어가기 위해 끊임없이 버둥거리고 있다.

그런데 이렇게 여간 마음을 잘 열지 않는 아버지를 누구보다도 잘 이해한 분이 있었다.

오랜 친구, 태화

똑똑똑.

문 두드리는 소리가 나서 나가 보니 익숙한 모습이다. 작은 키와 마른 몸매, 가무잡잡한 피부, 오른쪽에서 왼쪽 방향으로 향하는 가르마, 서글서글한 눈과 시종일관 엷은 웃음기를 머금고 있는 입. 어릴 때 뵌 모습과 다르지 않아서 단번에 알아보고 인사를 드렸다.

"어, 안녕하세요 아저씨? 오랜만에 뵈어요."

"아따 그래, 오랜만이다잉. 잘 살었냐?"

"네, 진짜 오랜만에 봬요. 건강하시지요?"

"물론이지. 그새 다 컸네. 인자는 대학 다니냐?"

"네, 엊그제 군대도 다녀왔는데요."

"벌써 글케 됐다잉… 시간이 빠르네. 그나저나 아부지는 어디 가셨다냐?"

"아, 잠깐 일 보러 나가셨어요. 언제 돌아오실지 잘 모르겠는데… 전화 드려 볼까요?"

"아니여, 됐다잉. 오시믄 나 들렀었다고 전해 드려라. 이거 놓구 갈란다잉."

그는 거실 식탁에 귤이 한가득 담긴 검은 비닐봉지를 놓고 돌아갔다. 오랜만에 찾아왔으나 친구의 얼굴을 보지 못하고 발걸음을 돌리는 아쉬움이 유난히 커 보였다. 창문을 통해 배웅하며 그분이 머지않은 시일에 아버지와 만나기를 바랐다. 그는 아버지와 함께 초등학교와 고등학교, 대학 시절을 함께 보낸 절친 윤태화 삼촌이었다.

윤태화 삼촌의 예전 이름은 성택이었다. 그 때문에 아버지는 원래 이름인 성택과 개명 뒤 이름인 태화를 번갈아 가며 부르곤 했는데 나에게는 태화 삼촌이라는 이름이 더 친숙하게 다가왔다. 자녀가 없는 삼촌은 우리 형제를 친자녀처럼 각별히 아껴서 집에 방문할 때 빈손으로 오는 경우가 없었다.

초등학교 교장을 지낸 부친의 영향으로 어릴 적 태화 삼촌의 집에는 각종 책들이 즐비했다고 한다. 어린이 잡지인《새벗》부터 성인용 잡지인《선데이 서울》, 각종 시집과 소설책에 무협 만화책까지 지금처럼 풍요로운 여가를 누리기 쉽지 않은 시절임을 감안한다면 남부럽지 않은 즐길 거리들이었다.

"아야, 지교야. 오늘 우리 집에 가서 놀자. 어제도 울 아부지가 책을 허벌나게 가져오셨당께."

"하따, 진짜 너는 부럽다잉. 근디 너무 자주 강께 미안헌디…."

"아이 뭔 소리를 하고 그냐. 지난번에 너 나한테 가재 잡아서 튀겨 줬지, 피라미 잡아서 도리뱅뱅이 만들어 줬지. 오히려 내가 고맙제. 자, 얼릉 가자."

광주 수창초등학교 전경

　당시 또래들에 비해 제법 부유한 편이었지만 태화 삼촌은 당신이 지닌 것을 나누고 하나라도 더 챙겨 주기 위해 무던히도 애를 썼다. 말과 행동이 꾸밈없는 삼촌이 아버지는 싫지 않았고, 삼촌 또한 자신에게 기꺼이 마음을 튼 아버지와 곧잘 어울렸다.

　"오매, 태화야. 이거 그거《선데이 서울》아니여?"
　"어디, 어디… 아아, 그거 아부지가 보다 가져왔나 본디?"
　"…조용히 몇 페이지만 봐 볼까?"
　"그래, 그러자…. 와, 이거 뭐여. 아부지는 뭔 요런 걸 갖다가…."

그때 방문이 열리면서 삼촌의 어머니가 주전부리를 들고 들어왔고 두 사람은 보던 책을 황급히 아무 구석지에나 대충 꽂아 넣었다. 위기일발의 순간이었다.

"먹으믄서 놀아라. 벤벤치 못해 갖구 미안허다."

"아, 아니어요 엄니. 지가 매번 태화한테 신세 져 갖구 미안헌디요."

"지교야, 너 또 근다. 친구끼리 미안하고 자시고가 어딨냐. 잘 먹을게라 엄니."

그렇게 초등학교 시절 내내 붙어 다니다시피 했던 삼촌과 아버지는 얼마 지나지 않아 각자 다른 중학교로 배정이 되면서 한동안 만나지 못하다가 광주일고에 들어가서 재회하게 된다. 다만 태화 삼촌은 문과, 아버지는 이과였던 까닭에 오다가다 얼굴 보고 간단한 안부만 주고받는 것이 전부였다. 하지만 떼려야 뗄 수 없었는지 두 사람의 인연은 대학까지 이어지게 된다.

"어, 어이! 너 지교 아니여?"

"어어어, 너 태화구마. 태화제?"

"이 자식아, 그래 나다잉! 얼마 만여, 이렇게 가차이서 보는 게? 너 어디에서 공부하냐?"

"상대로 왔는디. 너는 어디냐?"

"나는 사범대 왔다. 아니, 근디 너 이과 아니었냐? 웬 상대……."

"…으짜다가 그렇게 됐다잉. "

두 사람은 대학에서도 변함없이 우정을 이어 갔다. 그러다가 시간이 흐른 뒤 아버지는 당신 삶에 있어 도저히 지워지지 않는 일련의 사건들을 겪고 오랫동안 그 스스로를 가두게 된다. 그것을 끝내 견뎌내지 못하고 절망을 지나 거의 죽음 직전까지 이른 당신을 어렵사리 수소문해 찾아와 손을 내밀어 준 이가 바로 태화 삼촌이다.

"지교야… 너가 도대체 왜 죄인이여? 정신 차레라 임마! 제수씨랑 새끼들 어떻게든 멕에 살려야 할 거 아니냐."

어머니에게도, 어린 우리 형제에게도 아버지는 좀처럼 당신의 속내를 털어놓지 않았지만 태화 삼촌 앞에서만은 스스럼없이 당신을 꺼내 놓곤 했다.

"태화는 요즘 어떻게 지내고 있다냐…." 한창 이야기를 들려주던 아버지가 별안간 허공을 바라보면서 나직이 중얼거렸다. "지교야, 더는 죄스러워허지 않았으믄 좋겠다." 맞은편에서 태화 삼촌이 화답하는 것 같았다.

*

속박된 삶

원하지 않은 길

　　수창초등학교를 졸업한 아버지는 동성중을 거쳐 광주
일고로 진학한다. 1974년의 일이었다. 희망하는 곳을 두
곳 이상 적은 뒤 추첨을 통해 학교를 최종 배정하는 오늘
날과는 달리 아버지 시절에는 순위고사 혹은 연합고사를
치른 뒤 그 성적에 따라 배정이 되었는데, 당시 광주에서
는 광주고, 광주일고, 광주여고, 전남여고 등이 문턱이 높
은 곳이었다.

광주일고는 1반부터 4반까지 문과로, 5반부터 12반까지는 이과로 나뉘어 있었고 그 가운데 1반과 5반은 불어반으로 편성되어 있었다. 학창 시절 상위권을 유지했던 아버지는 이과로 배정을 받았다. 그런데 이것은 아버지 나름의 노력으로 얻어 낸 결과이기도 했지만 엄격한 집안 분위기가 영향을 주었던 까닭도 있었다.

　할아버지께서 여전히 시청 수도설비과에 다니고 있었고, 이를 뒷바라지하고자 할머니가 한복집을 차려 의복 수선과 제작을 병행했지만 가난한 집안 형편은 좀체 나아질 줄을 몰랐다. 사정이 이러하였으므로 할아버지는 아버지를 비롯한 자식들에게 지나칠 정도로 공부만을 강조했다. 술에 만취해서 돌아온 날에도 어김없이 숙제를 검사했으며, 불시에 질문을 던진 뒤 알맞은 대답을 하지 못한 경우 사정없이 나무랐다.

　"이렇게 공부가 부실해 갖고 나중에 워찌케 벌어먹고 살라 그라냐?"

　형제들 중 암기력이 뛰어났던 아버지는 다행히도 이

런 할아버지로부터 잔소리와 정신적 압박을 면할 수 있었다. 여전히 운동을 좋아했던 아버지는 응어리진 마음을 축구와 야구로 달랬다. 체육대회가 열리는 날이면 최전방 공격수와 1번 타자를 도맡곤 했다.

"야, 지교 저짝으루 간다! 막어, 막어!"
"아이, 증말로… 막으라고 했잖애! 또 먹혔네."

아버지가 이과를 대표하는 선수였다면 맞은편인 문과에는 김용문 삼촌이 있었다. 아버지와 고등학교, 대학을 함께 다닌 절친인 삼촌의 증언에 의하면 결승에 오르는 건 언제나 아버지 팀과 용문 삼촌의 팀이었으며 서로 주거니 받거니 골을 넣었다고 한다.

"지교야, 니 막느라 숨이 찬다, 숨이 차."
"남 말 하네잉. 니 슛 진짜 쎄데."

이렇게 체력과 운동신경이 좋았던 아버지는 교련 시간에 소대장을 맡아 인원을 통솔하기도 했는데 당신의 의사가 반영됐다기보다는 담임 선생의 권유나 지시에 의

한 것이었다. 이 무렵 아버지는 원하지 않은 일을 마음대로 거부하지 못하고, 정해진 규범에서 통제를 받아야만 하는 유신정권에 환멸을 느끼고 있었다.

"지교야, 우리 거시기 겁나 많이 벌어진 것 같은디 으째 괜찮겄냐?"
"괜찮어. 잠깐 산책 나온 거라 생각하믄 되제."

광주일고는 주로 금남로를 출발해 산수동을 지나 무등산 자락의 제4수원지까지 행군했는데 속도를 높여 강행군을 펼치는 다른 학급들과는 달리 아버지는 틈틈이 다른 급우들을 부축하며 느긋하게 걸었다. 너도나도 박정희 정권에 앞다투어 부화뇌동했던 그 시절 어른들에 대한 나름의 저항이었다.

그렇게 시간은 흐르고 흘러 어느덧 고등학교 졸업이 임박한 무렵, 아버지의 진로를 두고 담임 선생과 할머니는 면담을 가졌다. 한문을 가르치던 담임 선생은 평소 아버지를 눈여겨보고 있던 터였다.

"그동안 지가 지켜봤는디 지교는 암기력이 우수허

고, 문제를 해결하는 데 있어서 다른 아덜보다 냉정허고 차분헙니다. 지 생각에는 의대를 보내믄 어떨까 싶은디 요….”

담임 선생이 자식인 아버지를 긍정적으로 보고 격려해 주니 고마웠지만 할머니는 고민에 빠졌다. 의대를 보내 공부를 시키기에 집안의 형편이 그때까지도 넉넉하지 못했던 것이다. 그날 밤, 아버지를 비롯한 모든 식구들이 모처럼 둘러앉은 가운데 진로를 놓고 열띤 논의를 벌였다. 그러나 정작 그 자리에서 아버지는 당신의 의사를 제대로 표현하지 못했다. 할아버지와 할머니의 입김이 워낙 드셌기 때문이었다.

광주제일고등학교. 선동열, 이종범, 서재응, 김병현 등을 배출한 야구 명문이다.

"지교야, 느이 누나도 선생 될라구 이런저런 거 따지지 않고 일찌감치 교대로 가지 않았냐. 인자는 아버지 짐도 덜어 드려야 쓰고… 우리 생각에는 얼른 취직하는 방향으로 가는 거이 좋겄는디 어쩌냐?"

"아부지는 너가 상대로 갔으믄 좋겄다. 그렇게 하자잉."

"그랴, 동상. 아부지 말씀대로 허세. 상대 나오믄 은행, 회계사, 무역 회사 등등 갈 수 있는 곳 널렸옹께."

그러나 정작 아버지가 원하는 방향은 담임 선생이 권유했던 의대도, 취직이 유리한 대학 따위도 결코 아니었다. 그저 좋아하는 일을 마음대로 행하고 누리는 삶, 무언가에 얽매이지 않는 삶, 사람이 사람답게 사는 삶, 자연과 더불어 사는 자유롭고 조화로운 삶. 그것이 아버지가 바라는 것이었다. 그러나 먹고사는 문제가 당장 시급한 집안 형편은 아버지의 이러한 생각을 드러낼 기회조차 허락하지 않았다.

'내가 가고 싶은 길이 있었는디…….'

식구들이 모두 곯아떨어진 새벽, 좀처럼 잠을 이루지

못한 아버지는 동네 뒷산에 올라 목이 찢어질 만큼 고래고래 소리를 내질렀다. 암담한 사회 현실에서 아무것도 하지 못하는 나약하고 무기력한 당신 스스로를 질책하는 소리였다. 유신의 그림자가 차갑고도 두껍게 드리운 1970년대 중반 겨울 무렵이었다. 아버지 앞으로 피할 수 없는 격랑의 시간이 서서히 다가오고 있었다.

레닌의 언덕

"여어, 지교야! 지교야, 여쪽이다 여쪽!"

"니 뭔 일 있었냐? 오늘 이십 분이나 늦었네잉."

광주일고를 졸업하고 대학에 막 들어간 1976년 봄날
무렵이었다. 강의가 끝나면 경영대 건물 앞에 있는 언덕에
서 일찌감치 모이기로 약속한 삼촌들이 먼저 와서 아버
지를 기다리고 있었다. 고등학교 시절, 지나가면서 얼굴만
보다가 이제는 자주 만나 이야기를 나눌 수 있게 된 삼촌

들과 아버지는 설레는 마음을 감추지 못했다.

"미안허다. 오늘따라 교수님 말씀이 밸라게 장황해 가지고 말이시."

강의 시간 때문에 뒤늦게 도착한 아버지가 삼촌들에게 미안해하며 합석했다. 전남대 정문을 통과해 걸어가다 보면 만나게 되는 상징물인 용봉탑에서 왼쪽 경영대 방향을 보면 잔디 언덕이 조성되어 있는데 전남대 내에서 손에 꼽히는 풍광을 자랑하는 곳 중 하나이다. 때문에 그 자리에서 멀지 않은 상대와 인문대 학생들이 즐겨 찾는 단골 장소였다.

용봉탑과 경영대 사이에 있는 '레닌의 언덕'

"여짝에 앉아 있응게 올라오는 사람이나 내리가는 사람이나 똑같아 보인다잉."

"야야, 사람이 높고 낮고가 으딨냐. 다 쓸데읎이 만들어 놓은 거제."

언덕에 앉아 풍경을 바라보며 김용문 삼촌과 김선출, 채영선 삼촌이 주거니 받거니 대화를 나눴다. 옆에서 두 삼촌의 이야기에 귀를 기울이던 박평규 삼촌이 틈을 보다가 아버지를 보고는 말했다.

"그나저나 나는 지교를 역서 볼 줄 몰랐시야. 니는 우짝(서울)으루 올라갈 거라구 생각했는디… 의외면서도 반갑더라잉."

그 말에 아버지가 잠시 말없이 허공을 응시하다가 대답했다.

"헹펜 따라 가야제. 인자는 아브지 등골도 휠랑 말랑 해싸는디 얼렁 자리 잡으야제. 난 니들 만나 갖구 좋다야."

진로를 놓고 여러 이야기와 상황이 오갔던 지난 시간을 회상하며 아버지가 복잡다단해하는 모습을 보이자 장재홍 삼촌이 그런 아버지의 등을 토닥여 주었다. 이 시절, 아버지는 주로 고병량, 김용문, 김선출, 박평규, 장재홍, 채영선 삼촌들과 어울려 다녔는데 굳이 오래 긴 이야기를 나누지 않아도 서로 마음이나 기분을 알 수 있을 정도로 삼촌들과 아버지는 돈독한 사이였다. 이런저런 이야기를 나누던 중 장재홍 삼촌이 무언가 생각났다는 듯이 말했다.

"여그를 이름을 근사한 거를 붙이믄 좋겠는디… 니네 뭐 좋은 생각덜 읎냐?"

"아이, 뭘 거창하게 이름을 붙인다 그냐? 경영대 앞 언덕이라 해도 알아먹는디."

너털웃음을 지으며 대수롭지 않은 일이라는 양 대답하는 고병량 삼촌에게 채영선 삼촌이 슬쩍 핀잔을 줬다.

"하따… 병량이 니는 그라케 감수성이 떨으진 녀석이으쩨 장발 멋은 알아 가지구 멋은 잔뜩 부리고 다니싸냐. 재홍이 말마따나 맬갑시 경영대 앞 언덕이라 부르는 것보

담 이름 하나 지어 주는 게 낫겠다."

머리를 긁적이며 쑥스럽게 웃는 고병량 삼촌을 보면서 박평규 삼촌과 아버지가 호탕하게 웃었다. 그때까지만해도 옆에서 말없이 생각에 잠겨 있던 김선출 삼촌이 조심스럽게 입을 열었다.

"저그, 거시기 워디냐. 쩌그 러시아에 가믄 말이시, 모스크바강 기슭에 '참새 언덕(Воробьёвы горы)'이라구 있다는디."

1976년 봄, 전남대 경영대 앞에서 김선출 삼촌(왼쪽)과 아버지.

김선출 삼촌의 말에 친구들의 귀가 일제히 솔깃해졌다. 언덕에 이름을 붙이는 게 어떠냐고 제안한 장재홍 삼촌이 맞장구를 쳤다.

"이잉, 글구 봉께 나두 들은 것 같어야. 지대가 높아갖고 모스크바 전경이 다 보인다드마."

"러시아는 나두 알았제만 그런 데가 있었냐? 하따, 선출이 니는 하이간에 뻴라도 아는 것이 많당께."

이야기를 듣던 김용문 아저씨가 감탄했다. 아버지가 흥미로운 표정으로 삼촌들의 이야기를 들었다. 김선출 삼촌이 다시 말을 이었다.

"거기가 다른 말로 '레닌 언덕(Ле́нинские го́ры)'이라고도 헌다등마. 소련을 세운 사람잉께 기념할라는 차원에서 붙였을 수도 있는디… 워쩌냐? 여그 있으믄 본관이랑 용지(전남대 안에 있는 큰 연못)랑 운동장이 한눈에 들어옹께 비슷허지 않냐? 우리 모습도 참새들 옹기종기 앙그 있는 모양새 갖구."

김선출 삼촌의 이야기를 다 듣고 난 아버지가 무릎을 치며 감탄했다.

"아따, 고거 좋다잉. '레닌의 언덕' 이름 그럴싸헌디? 선출이가 확실히 감각이 있당께. 글믄 앞으로 그렇게 부르 기로 헐까?"

"그라드라고. 일찍이든 늦게든 강의 끝나믄 무조건 레 닌의 언덕으로 모이는 걸루 허자고. 알았제?"

박평규 삼촌과 고병량 삼촌도 흔쾌히 동의했다. 그리 고 다음 날부터 누가 먼저랄 것도 없이 아버지와 삼촌들 은 틈만 나면 레닌의 언덕으로 모였다. 성인 대여섯 명이 앉아도 넉넉하니 넓은 돗자리를 펴고 앉아 점심을 먹거 나 고등학교 시절에는 차마 하지 못했던 시국에 대한 이 야기도 주고받았다.

"소식 들었냐? 명동성당에서 난리가 있었던 모양이던디."

"그르게 말이다. 아니, 인자는 종교 활동도 마음대로 못 허는 거여?"

"민주주의 외친다고 빨갱이라구 그 엠병을 해싸는 시

상인디 어찌겠냐…."

"야, 야. 말들 조심해야 써. 용봉탑이나 본관 가로수 뒤에 사복들 귀가 요로코롬 붙어 갖구 엿듣고 있을지 누가 아나잉."

"까짓거 들으라고 하제."

1976년 3월, 서울 명동성당에서 있었던 3·1절 기념 미사를 구실 삼아 야당인 신민당과 재야의 민주 인사들에게 정부를 전복하려 했다는 혐의를 씌워 구속하는 사건이 벌어졌다. 이로 인해 윤보선, 김대중, 정일형, 함석헌, 문익환, 함세웅 등 18명의 민주 인사들이 기소되거나 실형 선고를 받았는데, 짙게 드리운 유신의 그늘은 세월이 흘러도 도무지 걷힐 기미를 보이지 않았다. 레닌의 언덕은 울분을 터뜨리기 좋은 곳이었다.

한편 대학에 들어간 뒤 아버지와 용문 삼촌은 환상의 콤비를 이루게 되었다. 같은 학부 소속이었던 두 사람이 단과대학 체육대회 때 나란히 그라운드에 서게 된 것이다. 용문 삼촌이 윙어, 아버지가 중앙 공격수를 주로 담당했다. 고등학교 시절부터 날랜 몸놀림을 자랑했던 두 사람이 좌우를 마음대로 휘젓고 상대 팀 선수들 사이를 거침없이 누비고 다니자 매번 축구 경기 우승은 아버지의 팀이 거머쥐었다.

"이야, 니 오지교라고 했냐? 너 상당하다잉. 날쌔고 빠른 게 꼭 차범근 보는 줄 알았어야."

"아닙니다, 약골인디 뭔 차범근이다요."

"이 자식 이거 겸손은… 빈말 아니여. 아무튼 고생했응께 이리 와 앉아라."

"그래, 용문이 너도 이리 와라. 한잔해야 쓸 거 아니냐."

"예에, 알겠습니다."

체육대회를 마친 뒤 시내 선술집에 마련된 뒤풀이 자리에서 아버지와 용문 삼촌을 눈여겨본 선배들이 두 사람을 불렀다. 여태까지 모르고 지냈던 세계를 아버지가 마주하려 하고 있었다. 그리고 이후 아버지의 삶은 이때까지와는 전혀 다른 양상을 띠게 된다.

해방구

　"어이, 오지교. 너 주량이 어찌게 되냐?"

　"저 술 잘 못 마십니다."

　"어허이, 이 사람아! 거짓말하지 말구 솔직하게 말해. 몇 병이나 마셔?"

　"정말 못 마십니다."

　"진짜? 와, 이 자식 이거 그동안 헛살았구마. 글므는 거 담배는 허고?"

　"아닙니다. 담배도 전혀 못헙니다."

단과대 체육대회가 끝나고 몰려간 충장로 학생회관 근처에 있는 술집 '천왕봉'에 마련된 뒤풀이에서 축구 경기가 진행되는 동안 아버지를 눈여겨봤던 몇몇 선배들이 아버지를 불러다 앉히고 이것저것 물어왔다. 그때까지만 해도 아버지는 술이나 담배는 전혀 할 줄 모르는 순둥이 자체였다. 키도 크고 움직임도 날랜 사내가 겉으로 보이는 것과는 전혀 달라 선배들은 의아해했다.

당시만 해도 충장로는 지금처럼 시끌벅적한 번화가는 아니었다. 술집이라고 해 봐야 막걸리 한잔 기울일 만한 곳이 전부였는데 인근 양조장에서 빚은 술을 직접 가져와 가게에 있는 술독에 부었고, 주문을 받으면 이를 다시 말통에 담아 손님들 술상에 제공하는 방식이었다. 천왕봉 술집은 돈 없고 배고픈 대학생들이 애용하는 선술집이었다.

술상이 차려지기 전에 선배들은 아버지를 비롯한 후배들을 일렬로 세우고서 원산폭격을 시켰다.

"야 이 자식덜아. 선배는 하늘이여, 하늘! 알겠냐?"

"참말로 군기들이 빠져 갖구. 버르장머리덜얼 고쳐 블
텐께 다덜 엎드려라잉!"

"어쭈, 동작 봐라. 일어나. 앉어. 일어나! 앉어, 앉어. 앉
으랬는디 으뜬 새끼가 일으나냐! 너네 이래서 오늘 술맛
나겄냐?"

고등학교 시절 내내 제식훈련이며 행군이며 군사정권
의 행태에 이가 갈리도록 몸서리를 쳤던 아버지는 대학
에 들어온 뒤 다시 선배들에 의해 강압적인 군대식 문화
가 행해지자 회의감을 느꼈다. 그렇게 얼차려를 받은 뒤
아버지는 선배들 옆에 앉아서 이런저런 물음에 정신없이
답하느라 진땀을 흘렸다. 술을 마셔 본 적 없다고 연신 손
사래 치는 아버지에게 선배들이 술을 강권했다.

"임마, 너 이 좋은 것을 여직꺼정 안 마셨다는 거여?
글믄 새로운 세계를 어디 오늘 한번 경험해 봐라."

"그래, 죽어 봐라. 너는 여태꺼정 재미없게 살았던 거여."

"마셔라, 오지교! 단숨에 비워. 쭈욱 쭈욱."

선배들의 강권과 성화에 아버지는 할 수 없이 양은 잔

에 가득 채워진 막걸리를 받아 들고는 단숨에 꿀꺽꿀꺽 들이켰다. 술이라는 것을 모르고 살아왔다는 사람이 아무렇지도 않게 잔을 비워내자 선배들이 당황했다.

"워따매, 이 자식 이거 순 거짓말이었나 부네."

"아닙니다, 술은 오늘 정말 처음입니다. 인자, 인자 그만 마시겠습니다."

"야 이놈아, 그게 뭔 소리여. 니 오늘 집에 기어가야 써. 자, 한잔 더 해라잉."

선배들이 따라 주는 술을 연거푸 들이켜자 잠시 뒤 아버지는 속에서 활활 불이 일어난 듯한 뜨거움을 느꼈다. 또, 자꾸만 기분이 들뜨고 웃음이 실실 새어 나왔다. 엄혹한 시절인 까닭에 밤에나 낮에나 마음 졸이기 일쑤였는데 그동안 경직되어 있던 감정과 감각이 잊히는 것 같았다. 나른한 몸을 벽에 기대고 호흡을 고르고 있는 아버지 시선에 문득 한 선배가 담배를 피우는 모습이 들어왔다.

"선배님, 그거… 도대체 어떤 기분입니까?"

"뭐가? 담배 말이여?"

"예. 술이랑 비슷헌가요?"

"글씨… 복잡허고 머리 아픈 일을 잠시나마 잊는다는 점에서 술이랑은 맥락이 비슷헌디 요거는 요거대로 달라. 기분도 몽롱해지고 말이시. 으쨰 한 대 피워 보겄어? 근디 아까 자넨 담배 안 피운다고 이야기했던 것 같은디…."

"괜찮습니다. 그라믄 저 한 대만 실례허겄습니다."

아버지는 선배로부터 담배를 건네받고 불을 붙인 뒤 한 모금 깊이 빨아들였다. 이어서 입과 코로 머금고 있던 연기를 한차례 뿜어냈다. 이상하다, 담배를 처음 피우는 이들은 매워서 컥컥거리는 등 어쩔 줄을 몰라 하던데. 이미 거나하게 술에 취했기 때문인지 아버지는 당시 독하고 맵고 쓰기로 이름난 청자 담배를 마치 오랜 애연가처럼 익숙하게 태웠다. 기지개를 켠 듯 온몸이 시원하고 뒤이어 나른한 기분도 들었다. 잠시나마 잊어버린다는 것이 이런 건가. 그러나 그저 찰나인데……. 담배를 다 피우고 이내 허탈하고 씁쓸해진 아버지는 다 피운 담배꽁초를 당신의 바지 호주머니에 넣었다. 우연히 그 모습을 목격한 한 선배가 아버지에게 물었다.

"아니, 너 으째서 담배를 호주머니에 넣냐? 냄새도 배고 바지 주머니 지저분해질 턴디…"
"아닙니다, 집에 가서 빨래하믄 되제라. 가져가서 집 쓰레기통에 버릴랍니다."

자유를 누린 만큼 거기에 상응하는 책임을 지겠다는 아버지 나름의 철두철미한 원칙이었다. 한편, 그 시각 집에서는 밤이 늦도록 돌아오지 않는 아버지를 할머니가 애를 끓이며 기다리고 있었다.

"이런 일이 읎었는디… 야가 대체 뭔 일이 있능가. 혹시 어디 파출소에라도 잡혀 있는 것은 아니여?"

고등학교를 졸업할 때까지 줄곧 소태동 천변에서 살았던 아버지는 할아버지 직장과 당신의 대학 통학, 주거 공간 불편 등의 문제로 방림동에 있는 주택으로 이사한 상태였다.

기다린 지 한 시간여쯤 지났을까. 멀리 굽이진 골목

끝에서 사람 그림자로 추정되는 것이 성큼성큼 다가오자 인기척을 느낀 할머니가 벌떡 일어서며 그 방향으로 다가 갔다.

"지교냐? 지교 인자 오냐?"
"어어… 어… 엄니… 왜, 여그 나와 있어라? 허억, 딸꾹."

오전에 멀쩡하게 집을 나섰던 아들이 이렇다 할 소식이 없다가 늦은 밤에, 그것도 통금이 가까워서 술에 잔뜩 취해 인사불성이 되어 비틀거리며 걸어오자 할머니는 적잖이 당황했다. 순간, 발을 헛디뎌 앞으로 넘어질 뻔한 아버지를 재빨리 부축하며 할머니가 물었다.

"아이고, 시상에… 어디서 이르케 술을 마신 그냐? 담배 냄새두 나는 것 같은디."
"아하하… 엄니… 엄니이… 그냥, 기분이 좋아 갖구 선배 덜이랑 시내 가서 한잔했으요… 뭘 그리 놀라고… 그라씨요."
"아이고, 나가 못 살겄다. 이눔아, 정신 똑바루 차리고 걸으야 쓴다잉. 네 아버지가 알믄 큰일 난단 말다이! 아이고…."

"아, 엄니이… 나가 여태 갇혀만 살다가… 해방이… 딸꾹… 해방이 됐응께 인자는… 자유란 말요, 나는… 나는… 자유…."

　도통 무슨 소리인지 모를 말들을 들으며 그날 밤, 할머니는 만취한 아버지와 나란히 집으로 들어왔다. 아버지의 생활이 이전까지와 다르게 서서히 변해 가고 있었다.

솔트와 그리세

술과 담배는 촉매제가 되어 그동안 아버지 안에 잠재되어 있던 흥과 감각을 일깨웠다. 초중고 시절처럼 공부와 운동만 하는 데 이골이 난 아버지는 어떻게 하면 대학 생활을 무미건조한 지금보다 알차게 보낼 수 있을지 고민했다. 그러다가 알아본 것이 동아리였다.

"네에, 어서 오세요."

"안녕하세요. 상대 1학년 오지교라구 헙니다. 글 쓰는

데 관심이 있어서 오게 됐습니다."

"아이고, 그라세요. 반갑습니다잉."

"저… 들어가는 디 특별한 조건이나 자격 같은 것은 없능가요?"

"당연하제요. 저희는 누구든 환영헙니다."

아버지가 먼저 문을 두드렸던 곳은 동아리 '솔트'였다. 틈틈이 책 읽는 것을 좋아했던 아버지는 책 속의 문장을 메모하거나, 메모한 내용을 바탕으로 자신만의 습작을 하기도 했다.

나이, 성별, 학과, 종교, 신체 능력 등에 제한을 둔 다른 동아리들과 달리 솔트는 전남대생이라면 누구든지 들어가 활동할 수 있었다. 뿐만 아니라 조선대, 광주교대와 같은 광주 지역의 타 대학 학생들도 누구든 가입할 수 있었다. 범전대는 물론, 범광주권 동아리였던 것이다. 그런 이유로 아버지는 이때 타 대학 문우들과도 활발히 교류했던 것으로 보인다.

어느 날, 아버지는 강의를 들으러 이동하다가 대학 신문사의 현상 문예 공모를 보게 되고 그날부터 부랴부랴

투고할 작품을 준비했다. 몇 날 며칠을 걸려 쓰고 고치고
덜어내고 다듬은 끝에 아버지가 출품한 작품의 제목은
'들국화'였다. 아버지는 며칠 뒤 부상으로 주어진 상금으
로 삼촌들에게 막걸리를 샀다.

"이야, 오지교! 니헌테 그런 재주도 있었냐. 첨 알았시
야. 축하한다."

"나두 지교가 축구만 좋아허는 줄 알았는디."

"이러다가 너 시인 되는 거 아니냐, 오지교 시인? 하
하하."

"아이. 아니다 아니여. 그만들 해싸. 운이 좋아서 뽑힌
것인디… 그래 봤자 해철이 형 발끝도 못 따라가야."

나주에서 태어나 전남대 의대를 졸업하고 1982년《동
아일보》신춘문예로 등단한 바로 그 나해철 선생님이 당
시 아버지와 솔트 활동을 함께했었다. 의대 본과가 시작
되기 전이어서 동아리 활동에 시간을 할애할 수 있었는
데 마침 새로 들어온 아버지와 인연이 닿았던 것이었다.

"지교야, 근디 「들국화」는 어쩐 일로 구상하게 됐냐?"

막걸리를 마시다 말고 김선출 아저씨가 아버지에게
물었다.

"이잉, 국화가 생명력이 상당하잖냐. 땅이 아무리 가
물어도 안색 하나 변하지 않고 우기를 기다렸다가 결국에
는 비를 맞고 꽃을 피우고 마는 게… 거기서 영감이 와 갖
구 썼다."

"들어 봉께 그럴싸허구만… 그라제, 국화 생명력이 대
단허제."

"말 나온 김에 뭔 신지 한번 들으 봤으믄 좋겠는디."

김선출 삼촌과 아버지의 대화를 듣고 있던 채영선 삼
촌이 은근슬쩍 낭송을 권유했다. 그러자 아버지는 부끄
러워하면서 손사래를 쳤다.

"에헤이, 술맛 떨어져 블믄 어뜩헐라구……."

아버지가 적이 사양하자 김용문, 고병량, 장재홍 삼촌
들도 거들었다.

"아따, 오지교답지 않다야잉. 영선이 말마따나 설명만 가지곤 모릉께 뭔 작품인지 들어 봐야제."

삼촌들의 성화에 결국 아버지는 마지못해 시를 암송하기로 했다.

"그라믄 앞에 술두 있구 헝께 말미 부분만 헐란다…. '내 너 그립다는 말을/몸뚱이 없이도 할 수 있으면/진즉에 더불어 꽃이 되었지// …(중략)… //기다림 많은 들국화야/마른 하늘에 입 벌리고/목마른 혀 내두르는 년//', 이런 내용이여."

전체가 아닌 일부분 암송이었지만 시를 들은 삼촌들이 저마다 울컥했다.

"하따… 오지교, 니 땜시 오늘따라 유난히 술이 술술 들어가 분다."
"긍께, 나쁘지 않아야. 계속 쓰믄 좋겄다 지교야."

대학에서 문학을 공부하지 않았지만, 시에 남달리 관

심이 많았던 김선출 삼촌은 이날 아버지로부터 시의 내용을 들은 뒤 독백하듯 몇 번이고 반복해 읊으면서 나름의 분석을 곁들여 소회를 밝히기도 했다.

"그립다는 말을 몸뚱이 없이도 할 수 있으면 진즉에 더불어 꽃이 되었겠다는 초반부가 좋구마잉. 그런 말도 함부로 못 허게 입을 틀어막는 시상이라서 긍가……."

이렇듯 삼촌들은 너 나 할 것 없이 호평을 아끼지 않았지만 얼마 지나지 않아 어떤 이유에서인지 아버지가 동아리 활동을 그만두면서 아버지도, 나해철 선생님도 서로에게 기억으로만 남는다. 그렇게 솔트를 그만둔 아버지는 추후 당신과 절친한 박평규 삼촌의 사촌 형이 대표로 있는 '그리세'라는 동아리에 들어가는데 이름에서 짐작할 수 있듯이 미술 동아리이면서도 사회 참여적인 성격을 지닌 곳이었다.

솔트와 그리세에서의 창작 활동은 엄격하고 보수적인 가풍으로 인해 그동안 마음껏 펼칠 수 없었던 아버지의 예술 감각이 발현되는 계기였다. 더불어, 암울했던 시대와 그 속의 그늘진 삶들을 묘사함으로써 아버지는 저항의 몸부림을 쳤다. 그러나 독재정권이 쉴 새 없이 뱉어대는 입김과 서슬 퍼런 칼날은 그러한 아버지의 꿈마저 철저히 짓밟고 산산이 조각내 버렸다.

*

그늘의 배후

연좌제

"어서 오십시오, 무엇을 도와드릴까요?"

"저어… 의무 경찰에 지원하려고 왔는디요."

"의무 경찰에요? 여쪽으로 오셔서 신분증 주십시오."

"여깄습니다."

대학에 들어온 뒤 첫 학기가 마무리될 무렵, 아직 입대 영장이 발부되지 않았지만 일찍 준비해 두는 것이 좋겠다고 생각한 아버지는 의무 경찰에 지원하기 위해 시내 경찰서를 찾았다. 고등학교 시절 내내 받았던 제식, 행군, 총검술 등의 훈련으로 군대라는 곳에 대해 진절머리가 나 있었는 데다 총검으로 권력을 장악하고 민주주의를 유린한 군부독재정권에 환멸을 느끼고 있었기 때문이다. 시절이 아무리 어수선해도 그나마 사회와 맞닿아 있는 경찰이 군대보다 낫겠다는 것이 아버지의 생각이었다.

민원실 직원의 안내를 받은 아버지가 관련 부서로 자리를 옮겼다. 이윽고 해당 업무를 담당하는 간부가 나와 아버지로부터 신분증을 건네받으며 말했다.

"신원 조회 중이니까 잠시만 기다리씨요."

오늘날처럼 전산망이 구축되지 않은 시절이어서 아버지는 신원 조회가 이루어질 때까지 기다려야만 했다. 시간이 흐르면서 폐소공포증이 있는 아버지는 조금씩 답답함을 느끼기 시작했다. 등과 이마에서 식은땀이 날 때쯤 신분증을 건네받았던 경찰이 나와 아버지를 불렀다.

"오지교 씨? 신원 조회 다 되었습니다. 여쪽으로 와 보씨요."

"예…."

그는 신분증을 돌려준 뒤, 서류와 아버지 얼굴을 번갈
아 보면서 같잖다는 식으로 말을 이었다.

"지원해 주시니 감사헌디… 문제가 있습니다."
"문제라니요?"
"이거 한번 보씨요."

경찰이 툭, 내팽개치듯 내민 서류에는 할아버지와 관
련된 이력이 장황하게 적혀 있었는데, 각 항목들을 훑어
내려가던 아버지는 적잖이 당황해했다. 국민방위군 징집
을 피하기 위해 개명을 하고 숨어 지냈던, 할아버지의 예
전 행적이 붉고 진한 글씨로 큼지막하게 적혀 있었던 것
이다. 해당 부분을 가리키며 아버지가 물었다.

"이게 으째서 문제가 되능가요?"
"모르겄어요? 의무 경찰에 지원한다는 사람 부모가
요러코롬 행적이 불량스러워 갖고 쓰겄어?"

"아니, 전쟁이 끝난 지가 언젠데 아직도 이런 걸 꼬투리 잡고 늘어져요?"

"이 사람아! 그러믄 육이오 때 징집에 응했어야지! 당신은 부모가 으떤 사람인지도 모르구 의경 가겠다고 당당히 찾아왔어? 이거 중대한 결격 사유야, 이 빨갱이 자식아!"

방금 전까지만 해도 친절하게 응대했던 경찰 간부가 싸늘하게 태도를 바꿔 아버지에게 서슴없이 반말을 하고 욕설을 쏟아냈다. 부친의 이력이 결격 사유라니⋯. "빨갱이 자식아!"라는 말을 들은 아버지는 물러서지 않고 항변했다.

"아버지는 아버지고 지는 지 아니요? 아버지 잘못을 왜 자식인 제가 물려받아야 헙니까?"

"이 새끼가 여그가 어디라구 주둥이를 놀려? 야, 이 새끼야 너 유치장 들어갈래, 어? 대가리에 든 빨간 물 오늘 나가 쪼까 빼 주까?"

삽시간에 분위기가 험악해지고 주변의 직원들이 무슨 일이냐며 몰려들었다. 상황이 격해지고 더 이상 말이 통하지 않자 아버지는 할 수 없이 경찰서를 나왔다. 의무 경찰에 지원하려던 일은 무산되고 말았다.

그날, 아버지는 곧장 집으로 들어가지 않고 시내에서
술을 마셨다. 빈 속에 25도짜리 소주를 연거푸 들이켰다.
그러자 이내 속이 활활댔다. 술기운 때문이라기보다는 세
상과 사람, 권력에 대한 울분 때문이었다. 아버지의 연락
을 받고 용문 삼촌이 포장마차로 나왔다.

"워매, 지교야 너 술 얼마나 마신 그여. 으째 이렇게 만
취했냐?"
"어어, 용문이… 용문이냐. 어서 와라."
"너 의경 지원하러 간다드마 어찌게 됐냐?"
"…용문아, 내가 말이다잉. 싫다, 내 삶이… 살아온 시
간이… 살아가야 할 앞으로가… 사람들이…."

아버지는 혀가 꼬부라진 채 경찰서에서 있었던 일을
용문 삼촌에게 모두 들려주었다. 세상과 사람들에 대한
울분, 조부에 대한 실망감이 방향을 바꿔 당신 스스로를
겨누고 찌르고 있었다. 용문 삼촌이 그런 아버지에게 위
로를 건넸다.

"지교야, 세상이 모난 거고 권력이 추잡시러운 거여. 너 잘못이 아니란게. 그깟 의무 경찰 간다고 쳐라. 지금 시상에 선량한 사람 두드려 패고 잡아들이는 일밖에 더 하겠냐? 오히려 잘됐어. 한잔하고 털어 버려."

늦은 밤까지 함께 술을 마신 뒤 용문 삼촌은 만취한 아버지를 방림동 집까지 배웅했다. 단과대 체육대회가 있던 그날처럼 할머니가 골목 어귀에서 불안한 얼굴로 서성이고 있었다.

"아이고매, 내가 정말 못 살겠다. 아이, 지교야. 이게 또 뭔 꼴이냐?"

"…저 빨갱이 아니여요, 엄니."

"그게 시방 뭔 말이다냐."

"나… 빨갱이! 아니라고요. 빨갱이 아니여라, 엄니! 나가 왜 빨갱이여야 헌다요."

아버지가 약수터 입구에서 쓰러지듯 주저앉으며 서럽게 울었다. 옆에 있던 김용문 삼촌이 놀라 서 있는 할머니에게 대강의 자초지종을 이야기했다.

"엄니, 지 용문이요 용문이. 지교 괜찮어라. 야가 오늘 속이 상해서 그랑께 이해하씨요."

할머니와 아버지가 집으로 향하는 것을 보고 통금에 걸리기 전에 용문 삼촌은 월산동 자취방으로 서둘러 돌아갔다. 집으로 들어가는 길에 간신히 정신이 든 아버지가 할머니에게 알 듯 모를 듯한 목소리로 속내를 털어놓았다.

"…엄니, 엄니… 우리 빨갱이 아니제요?"
"누가 그런 말을 해싸드냐?"
"아니, 그냥… 나가 문득 서글퍼서 그라요."

할머니는 이야기를 모두 듣지 않아도 마음을 이해한 다면서 그런 아버지를 거듭 다독였다.

"기죽지 말어라잉. 이제껏 어려워도 잘 살어오지 않었냐…."
"예에, 엄니… 나… 아부지 원망… 안 헙니다… 안 허요."

육이오 때 징집에 불응한 할아버지의 이력이 빌미가 되어 이후로도 아버지는 사사건건 발목을 잡혀 하고자 하는 일마다 번번이 퇴짜를 당한다. 그리고 그렇게 시대와 권력 앞에 무기력하게 무릎 꿇어야만 했던 부끄러운 자신을 잊고자 당신은 술과 담배에 더욱 탐닉하게 된다. 그러나 비극은 피할 수 없는 숙명과도 같이 계속해서 아버지를 기다리고 있었다.

낙하

　　연좌제로 인해 의무 경찰 시험 응시가 불발된 이후 아버지는 거의 매일 술에 취해 지냈다. 강의가 있든 없든, 심지어는 시험 기간 중에도 밤낮을 가리지 않고 마셔 댔다. 그런데 신기하게도 다음 날 아침이면 언제 그랬느냐는 듯이 단정한 모습으로 삼촌들을 만났다. 연이은 과음으로 속이 불편하고 정신적으로 피곤할 만도 할 텐데 아무렇지도 않은 아버지를 보며 삼촌들은 혀를 내둘렀다.

　　다시 새 학기가 시작된 어느 가을날 무렵, 중간고사 기간이었지만 아랑곳하지 않고 술을 마신 아버지는 대낮부터 취해 있었다. 그런 아버지를 설득해 김용문 삼촌과 장재홍 삼촌이 함께 공부하자고 했다. 그러나 아버지는 공부에 흥미를 잃은 지 오래였다. 광주일고 시절, 이과에서 꾸준히 상위권을 석권하던 아버지에게 문과 계열인 상대에서 배우는 것들은 시시하고 지루하기만 했다.

"용문아, 재홍아. 나 머리 아파 가지구 바람 좀 쐬고 올란다."

"고로코롬 취해 가지구 으딜 갈라구? 그냥 여기서 한숨 자는 게 어떠냐."

"아니랑께… 다녀올란다."

"그라믄 나랑 같이 가자. 재홍이 너는 있어라, 금방 올텐께."

왠지 불안한 기운이 엄습한 용문 삼촌이 아버지를 따라나섰다. 아버지가 비틀거리며 계단을 올랐다. 상대 3층에 이르자 아버지가 창문을 열고 담배에 불을 붙였다. 아버지 안의 응어리들이 담배 연기와 얽히고설켜 허공으로 흩어졌다. 담배가 거의 다 태워질 무렵 아버지가 용문 삼촌에게 말했다.

"용문아… 고맙다. 나는 니밖에 읎다."
"참나, 괜헌 말을 허구 있다. 겨우 짜잘시른 일 따위에 주저앉으믄 오지교겄냐? 힘내라잉."

아버지가 한숨을 길게 내쉰 뒤 용문 삼촌을 향해 웃어 보였다. 삼촌이 그런 아버지를 다독이며 공부방으로 돌아가려고 했다. 그런데 바로 그 순간, 아버지가 열린 창문으로 갑자기 뛰어내렸다. 순식간에 벌어진 일이었다.

"야! 지교야, 지교야!"

놀란 용문 삼촌이 아버지가 뛰어내린 곳을 향해 크게 소리치고 허겁지겁 공부방으로 달려갔다. 아직 아무것도 모르는 재홍 삼촌은 그 시각 한창 공부 삼매경이었다.

"야, 재홍아! 크, 큰, 큰일 났시야! 지교가… 지교가 뛰어내려 부렀어."

용문 삼촌이 헐레벌떡 달려와 다급하게 소리치자 놀란 재홍 삼촌이 자리를 박차고 일어나 물었다.

　　"뭔 일이여? 지교가 뭐가 어쯔게 됐다고?"
　　"지교가… 담배를 핀 담에 3층에서 뛰어내렸다고야!"
　　"이 친구야, 그라믄 여기를 올 게 아니라 얼릉 내려갔어야제! 얼릉 가 보자잉."

　　두 삼촌이 아버지가 뛰어내린 1층을 향해 냅다 뛰쳐나갔다. 거기가 얼마나 높은데, 제발 크게 다치지 않았으면… 1층으로 달려가는 길지 않은 시간 동안 두 삼촌은 마음을 바짝 졸였다. 이윽고 1층에 도착해 두리번거리던 삼촌들은 깜짝 놀랐다. 아버지가 태연하게 레닌의 언덕을 향해 걸어가고 있었기 때문이다. 용문 삼촌이 부랴부랴 아버지에게 다가갔다.

　　"지교야, 너… 너 괜찮냐잉?"
　　"아…? 용문이냐? 왜 인자 오냐, 재홍이도 왔구마."
　　"아니, 임마. 재홍이고 누구고 간에 너 으디 안 다쳤냐고."
　　"어, 나 괜찮은디. 왜들 그냐?"

용문 삼촌과 재홍 삼촌이 귀신에 홀린 듯한 표정으로 서로를 바라봤다. 한바탕 놀란 가슴을 쓸어내린 두 삼촌과 함께 아버지는 그날 있었던 일을 안주 삼아 오후 늦게까지 레닌의 언덕에서 술을 마시며 웃고 떠들었다.

상대에서의 한차례 소동이 있은 후, 이번에는 시내에서 일이 벌어졌다. 당시 청춘들로부터 우다방이라 불리던 충장로우체국의 오른쪽 옆에는 학생회관이 있었는데, 아버지와 삼촌들은 2층에 있는 고고장에 자주 가서 춤을 추곤 했다. 물론 이 자리에도 술이 빠지지 않았다.

이날도 아버지는 어김없이 술에 취해 있었는데, 특유의 장난기가 발동하여 삼촌들에게 다가가 은근슬쩍 농담을 던지거나 건드렸다. 그러던 중 귀찮아진 용문 삼촌이 손사래를 치며 아버지에게 말했다.

"아따메, 진짜. 너 한 번만 더 그라믄 쫓아간다."
"아하하, 미안허다 용문아. 안 그럴게."

용문 삼촌에게 한바탕 핀잔을 들은 아버지는 바람을 쐬기 위해 학생회관 2층 옥상으로 향했다. 이때까지만 해도 삼촌들은 모두 고고춤 삼매경이어서 아버지가 옥상으로 간 줄 아무도 몰랐다.

　잠시 후 분위기가 가라앉자 박평규 삼촌이 주변을 둘러보고는 물었다.

　"야덜아, 지교는 으디 갔냐? 안 보이네."

　"아까 장난치고 다녀 갖구 나가 뭐라 했었는디… 밖에 나갔나?"

　"야 설마 또… 아니겄제? 바람도 쏘일 겸 옥상에 가보자."

　용문 삼촌의 제안에 나머지 레닌의 언덕 멤버인 고병량, 박평규, 장재홍 삼촌들은 일제히 자리를 박차고 일어나 학생회관 옥상으로 올라갔다. 아니나 다를까 거나하게 취한 아버지가 옥상 난간에 기대어 세상모르게 곯아떨어져 있었다. 평규 삼촌이 아버지를 불렀다.

　"오지교! 니 거기서 뭐 하냐 위험허게. 내려가자!"

　평규 삼촌의 우렁찬 소리에 아버지가 눈을 떴다. 그리고 삼촌들을 힐끔 보더니 씨익, 웃고 옥상 밑으로 뛰어내

렸다. 눈 깜짝할 사이에 일어난 일이었다. 놀란 삼촌들이
서둘러 1층으로 내려갔지만 이미 아버지는 사라지고 없
었다.

"아니, 지교 어디 가 븠어?"
"찾었어?"
"못 봤어, 나도. 얘가 도대체 어디 갔어?"

학생회관 2층의 고고장. 오른쪽에서 두 번째가 아버지다.

삼촌들은 통금 전까지 충장로 곳곳을 뛰어다녔지만 결국 아버지를 찾지 못하고 걸음을 돌렸다. 한편 그 시각, 이미 취기가 오를 대로 올라 있었던 아버지는 광주 외곽으로 길을 잘못 들어 양동시장을 지나 농성동을 거쳐 화정동까지 갔다가 잿등(옛 광주국군병원과 505보안부대 사이의 고갯길, 지금의 쌍촌동) 부근의 과수원 언덕길에서 걸음을 돌려 방림동 집으로 돌아가는 중이었다. 다음 날, 몸 한 군데도 다친 곳 없이 천진난만한 모습으로 나타난 아버지에게 삼촌들은 두 손 두 발 다 들고 말았다.

"지교가 운동신경이 있으니께 떨어져도 이 정도인 거여. 보통 사람 같으믄 작살나뿠제."

그러나 이후에도 아버지는 대강당 안에서 술기운에 다시금 뛰어내렸다가 이번에는 다리를 크게 다치고 만다. 하지만 이내 다친 몸을 회복하고 삼촌들과 다시 레닌의 언덕에서 어울린다. 아버지가 대학 시절에 보인 이해되지 않는 행태가 당신의 본모습이라기보다는, 사실은 어두운 시대가 빚어낸 슬픈 산물이었다는 것을 용문 삼촌은 알고 있었다.

"이해하게 되믄… 이제꺼정 너가 아부지에게 가졌던 미움이 사라질 거다."

언젠가 남광주시장에서 우연히 뵙게 된 김선출 삼촌께서 눈시울을 붉히며 해 주신 말씀이 귓가에 맴돈다. 야속하기만 했던 아버지가 서서히, 점점 이해되기 시작했다.

앙코르, 앙코르

예전이나 지금이나 대학 축제 기간에는 모두들 설렌다. 단과대별로 경쟁하듯 주점을 차리고 서로의 자존심을 걸고 대항전을 치르는가 하면, 그동안 자신이 갈고닦아 온 재능을 가감 없이 선보인다. 여느 때와 다름없이 강의가 끝나고 레닌의 언덕에 모인 삼촌들도 축제 분위기에 한껏 들떠 있었다.

"다덜 모였구마. 으째 오늘은 다덜 달리나?"

"당연하제. 교수들도 웬만하믄 강의 일찍 끝낼라구 하데."

"확실히 고등학교 때보다 축제가 거창하구만."

곳곳에서 벌어지는 축제 풍경을 보며 삼촌들이 이야기를 주고받았다. 그러던 중 허전함을 감지한 용문 삼촌이 주변을 두리번거리다 물었다.

"그런디 지교가 또 안 보이네?"

"야 또 으디서 술 마시고 있는 거 아니냐?"

"아까 상대 주막 잠깐 들렀다 왔는디 거기에는 읎드라."

"으디 갔을까? 이따가 축구 같이 뛰야 되는디…."

삼촌들이 아버지의 행방에 대해 한창 열띤 추측을 벌이고 있을 때 근처 종합운동장 스탠드에서 노랫소리와 환호성이 연달아 들려왔다.

"저거 뭐여?"

"오늘 축제라구 노래자랑 헌다던디. 몰랐냐?"

"나도 아까부터 듣고 있었는디… 다덜 쟁쟁하구마."

"이번엔 뭔 노래냐? 익숙한데…."

"불나비인 것 같은디? 김상국이 부른 거."

누구인지 모를 참가자가 김상국의 〈불나비〉를 열창하자 삼촌들의 귀가 일제히 그 방향으로 쏠렸다. 참가자의 열창이 끝나자 삼촌들이 레닌의 언덕에서 운동장을 향해 박수를 보냈다.

"아따, 저 사람 노래 맛깔시럽게 잘 부른다야."

"캬, 꺾는 소리가… 환상이다. 민요풍의 리듬도 그렇고."

"막걸리 한잔 안 헐 수 없겠는디."

삼촌들이 김상국의 노래를 부른 참가자를 칭찬하고 있을 때 멀리서 누군가가 레닌의 언덕으로 다가오고 있었다. 인기척을 느낀 용문 삼촌이 돌아보니 바로 아버지였다.

"아니, 지교야. 너 으디 갔다가 인자 오냐?"

"우린 너 술 마시고 있는 줄 알었는디."

그러자 아버지는 쑥스러워하며 삼촌들에게 말했다.

"나 쩌그서 노래 한 곡 하구 왔다. 부르고 나니께 속이 뻥 뚫리네."
"그라믄 아까 김상국 노래 부른 거이 너였냐?"
"그래, 맞다잉."

그제야 삼촌들은 노래의 주인공이 아버지였음을 알고 놀랐다. 평규 삼촌이 뒤를 보니 아버지를 알아본 여학생들이 "앙코르, 앙코르!", "다시 불러 주세요, 우우." 하면서 레닌의 언덕 쪽으로 엄지를 추켜세우고 박수를 보내 주고 있었다.

"근디 저렇게 호응이 대단헌디 왜 내려와 븠어?"

병량 삼촌이 의아해서 묻자 아버지는 멋쩍게 웃으며 대답했다.

"실력은 괜찮었는디 대학 축제 기간에 슬픈 노래는 어울리지 않는다고 사회자가 내려가라드라고. 할 수 없제."

이 말을 들은 용문 삼촌이 무릎을 탁, 치며 아쉬움을 드러냈다.

"슬프고 기쁜 게 어디 있어? 노래만 잘하믄 장땡이제."
"아니여, 나가 속이 시원해졌으면 된 거제. 술이나 마시러 가자들."

당시 아버지는 김상국 외에도 김민기, 송창식, 양희은의 노래를 즐겨 들었는데, 그네들의 노래는 울분과 허탈감으로 매일매일 갈피를 잡지 못하는 당신에게 크나큰 위로가 되어 주었다. 특히 대학에 들어간 해에 발표된 양희은의 곡, 〈늙은 군인의 노래〉(1976년)의 부분을 개사해 나름대로 시대에 대한 반감을 나타냈다. "아들아 내 딸들아 서러워 마라/너희들은 자랑스런 투사의 자식이다~~"로 이어지는, 일명 〈투사의 노래〉.

그날, 아버지는 상대 근처 막걸릿집에서 통금에 가까운 시간까지 삼촌들과 술잔을 기울였다. 취흥이 오른 아버지가 별안간 빈 잔을 엎어 놓더니 젓가락으로 두드리며 김민기의 〈아침 이슬〉(1971)을 불렀다.

노래를 부르다 목이 멘 아버지가 눈물을 글썽였다. 노래를 따라 부르다가 아버지의 모습을 본 용문 삼촌도 조용히 눈물을 떨궜다. 아버지에게 노래를 시킨 삼촌들이 꼬부라진 혀로 연신 "오지교 앙코르, 앙코르!"를 연발했다. 1976년 가을의 밤이 깊어 갔다.

난파선

시간은 흘러 어느덧 1970년대 후반, 아버지와 평규 삼촌은 경영학과로, 용문 삼촌과 재홍 삼촌은 경제학과로 전공이 나뉘어져 뿔뿔이 흩어진다. 예전처럼 자주 모여 얼굴을 볼 수는 없었지만 아버지와 삼촌들의 사이는 여전히 돈독했다. 레닌의 언덕에서 오랜만에 용문 삼촌과 만난 아버지가 반가워하며 안부를 물었다.

"용문아, 잘 지냈냐?"

"오래만이다잉. 얼굴이 많이 좋아졌다?"

"좋아지기는… 그대로제 뭘."

"평규는 어찌케 잘 지내고? 너 요즘두 술 많이 먹냐."

"줄일라구 노력허는디 잘 안 된다."

마침 날이 좋아 아버지와 삼촌은 나란히 교정을 걸었다. 친구를 넘어 형제처럼 언제든 서로의 고민을 믿고 털어놓을 수 있는 사이였다. 그런 용문 삼촌이 뜻밖의 소식을 전해 왔다.

"지교야, 나… 이번 학기 마치고 군대 갔다 올라 한다."

"…벌써 영장 나왔냐? 일찍 가네."

"매도 먼저 맞는 편이 낫다고 허질 않냐. 다녀와서 공부해야제."

세상 누구보다 자기 자신을 잘 알고 이해해 준, 둘도 없는 친구가 군대를 간다는 말에 아버지는 문득 지난 일들이 주마등처럼 흘러갔다. 군대에 가기 전에 용문이에게 무엇을 해 주면 좋을까… 고민하던 아버지는 대뜸 생각났다는 듯 말했다.

"참, 용문아! 그라지 않아도 너헌테 줄 것이 있었는
디…."

"나한테? 뭘 줄라고?"

"그리세 방으로 잠깐 같이 가자, 어쩌냐?"

"요즘 그림 열심히 그린다더마… 그래, 가자."

그리세 동아리방으로 향하는 동안 '지교가 나에게 주
고 싶은 것이 과연 무엇일까.' 삼촌은 내심 궁금했다.

얼마 지나지 않아 그리세에 도착한 아버지는 삼촌을
뒤로하고 무언가를 바쁘게 찾기 시작했다.

"어디 보자… 분명히 여그 뒀었는디…."

"뭘 찾는디?"

"잠시만 기다려 봐라… 아, 있다. 여그 있네!"

아버지는 언젠가 고마운 이에게 주고 싶었는데 마침
잘됐다면서 당신이 그린 그림을 용문 삼촌에게 건넸다.
그림을 받아 들고 한참을 살펴보던 용문 삼촌이 아버지
에게 물었다.

"지교야. 근디 이거… 배인 것 같은데 항해하고 있는 것 같지는 않고… 해안가에 밀려와서 박혀 있네?"

"용문이 너 그림 볼 줄 안다잉. 맞어, 정상적인 배가 아니제. 난파선이여."

"많고 많은 배들 중에서 으째 난파선을 그렸어?"

용문 삼촌의 물음에 아버지는 동아리방 창문을 열고 담배에 불을 붙였다. 그러고는 깊게 한 모금 빨아들인 뒤 대답했다.

"언뜻 보믄 좌절된 것처럼 보이지만서도 다른 누군가에게는 발판이 된다는 생각이 들드라. 거기서 움튼 삶이 다시 누군가를 위해 배를 만들고, 배는 다시 스스로를 내어 주고… 거기에서 착안을 했다야."

아버지로부터 그림의 내막을 들은 용문 삼촌은 고개를 끄덕였다.

"말을 듣고 보니 반전이 상당한 그림이구만… 잘 간직하마."

그러면서 연신 그림을 살피는 용문 삼촌에게 아버지가 여태껏 누구에게도 말하지 않았던 속내를 털어놓았다.

"용문아, 나는 사실… 의대도, 상대도 오고 싶지 않았다. 나가 정말 하고 싶었던 건 바로 그림이었는디 아무도 나를 알아주지 않았고, 생각을 표현할 기회조차 주지 않드라. 난파선과 다를 바 없는 나를 믿고, 밀어 준 너에게 그래서 이 그림을 주고 싶었던 거여. 고맙다."

아버지의 고백을 들은 용문 삼촌이 그만 눈시울을 붉혔다. 위로가 절실한 사람이 오히려 다른 이를 위로하고 있었던 것이다.

안타깝게도 아버지가 용문 삼촌에게 건넨 난파선 그림은 현재 전해지지 않고 있다. 그러나 난파선은 아버지와의 추억을 싣고 용문 삼촌의 기억에서 오랜 항해를 이어 가고 있을 터이다.

한편, 아버지를 평생 죄책감에 가둬 놓을 운명의 시간이 어느새 눈앞에 다가오고 있었다. 내가 지닌 '태생적 죄책감'의 원인이기도 한 그 운명의 발자국이.

*

나무깎이 인형의 늦은 고백

나무깎이 인형

  어느 날 부대 앞 장발을 한 채 서서 우리 부대를 내려
다보고 있는 산, 그 산이 불량하다며 밀어 버리라는 거 아
니겠냐 그날부터 나무란 나무는 흰머리 뽑듯 죄다 베었고,
가져온 나무를 우리는 열심히 깎았지 아무도 입 뻥긋하지
못했어 밤낮 정신없이 깎으며 동기며 선후임 들과 썰렁한
농담을 주고받곤 했지, 썰렁한 농담 위로 최루탄 연기가
피어올랐고 형체를 분간하기 힘든 사체들이 나뒹굴었어

                               ─ 졸시, 「나무깎이 인형」 부분

"우연도 아니고… 으찌케 나랑 날짜가 똑같아 브냐."

지금으로부터 십칠 년 전 겨울, 군 입대를 위해 의정부 306보충대로 가는 차 안에서 아버지가 혼잣말처럼 내뱉은 말이다. 무슨 말인지 알아듣지 못한 내가 아버지에게 물었다.

"그게 무슨 말씀이세요?"
"…너 입대하는 날짜가 나랑 같어야. 아빠도 11월 28일 군번이다잉."

나는 비로소 아버지 말을 알아듣고 고개를 끄덕였다. 그러나 완전한 참뜻을 파악한 것은 아니었다. '우연도 아니고… 어떻게 날짜가 똑같으냐'는 말이, '다시는 기억하고 싶지 않았는데 판박이와도 같이 또다시 기억이 되살아날 줄은 몰랐다'는 의미라는 것을 알게 되기까지 오랜 시간이 걸렸다.

그날, 입영 행사가 열리는 연병장으로 가는 동안 아버지는 '많이 변했구나'라는 말을 여러 차례 중얼거렸다. 그러나 정말 변한 것인지, 아버지의 말에는 '확신'이라는 것이 짙이지 않았다. 모든 행사가 끝나고 작별의 시간이 다가오자 아버지는 말했다.

"잘 다녀오너라. 없던 것들도 생기구… 나 때와는 많이 달라진 것 같응께 마음이 놓인다."

대학 3학년 1학기를 마친 아버지는 1978년 11월 28일 논산훈련소로 입소하여 6주간의 기초군사훈련을 받은 뒤 경산에 있는 제2수송교육단에서 후반기 교육을 받고 경기도 고양시 벽제동에 위치한 1군단에서 운전병으로 군 복무를 시작했다.

아버지는 본부대 수송부로 자대 배치를 받았다. 수송부는 정비계, 배차계, 행정계 등 세부적으로 역할이 나뉘는데 아버지는 운행을 주로 하다가 배차가 없는 날이면 행정과 정비를 도왔다.

별 탈 없이 군 생활을 하고 있던 어느 날, 부대 전체에 비상 대기령이 떨어진다. 중앙정보부장 김재규가 궁정동 안가에서 박정희를 저격한 10·26 사건이 발발한 것이었다. 고양에서 서울은 지척이었으므로 혹시 모를 만일의 사태에 대비하기 위해 여러 날 동안 부대원들은 씻지도 못하고 무장을 갖춘 채 대기했다. 아버지는 바깥소식이 내심 궁금했으나 비상 상황이 걸린 부대에서는 신문을 읽거나 라디오를 청취하는 일이 엄격히 금지되어 있었다.

그로부터 얼마 지나지 않은 12월 12일, 전두환이 그의 측근들과 함께 쿠데타를 일으켰으나 군부대에서는 그저 비상 상황이라고만 할 뿐이었다. 다음 날 쿠데타 세력이 군부를 완전히 장악하자 그동안 부대에 내려져 있던 비상 상황은 일단 해제되었다.

그 뒤 해가 바뀌어 1980년, 전국적으로 신군부의 퇴진과 계엄 해제를 요구하는 대규모 시위가 일어나 다시 군부대에는 비상사태가 선포된다. 이때에도 아버지와 부대원들은 하루 종일 군복을 벗지 못하고 총을 멘 채 대기해야만 했다. 그렇게 긴장 상황이 계속되던 어느 날, 아버지를 비롯한 대다수 운전병에게 배차가 내려졌는데 목적지가 의아했다.

"소대장님, 목적지가 거시기… 여기 바로 근처에 있는

그 산입니까?"

"그래, 대대장님 지시다. 산에 가서 벌목을 해야 한다."

"아무 나무나 베어 오믄 됩니까?"

"아니야. 단단한 나무다. 박달나무만 베어야 돼. 이 일
대가 박달나무 자생지다."

시키는 대로 해야만 하는 곳이 군대였으므로 아버지
는 더 이상 묻지 않고 부대원들을 승차시킨 뒤 인근 산에
서 박달나무를 베어다가 날랐다. 몇 날 며칠간 산을 오간
끝에 베어 온 박달나무가 어느 정도 모이자 이번에는 그것
들을 방망이 모양으로 깎고 다듬으라는 지시가 떨어졌다.
날이 밝고 저물기까지 눈을 뜨고 일어나기 무섭게 깎고,
밥 먹고 쉴 틈도 없이 깎고, 잠이 와도 깎고 부대 전체가 방
망이를 깎는 데 온통 혈안이 되어 있었다. 방망이를 만드
는 일로 훈련도 잠정 중단되었다.

"오지교 상병님? 갑자기 웬 목공예인지 모르겠지 말입
니다."

"글쎄다, 낸들 알겠냐? 당최 이것들을 어디에 쓸라고
하는지…."

"빨랫방망이는 아니겠고 말입니다."

"그래. 그건 아닐 것 같고… 그럼 야구 방망이인가?"

"야구를 하는 데 방망이가 이렇게 많이 필요합니까?"

몇몇 후임들과 농담을 주고받던 아버지는 별안간 며칠 전 운행을 나가는 도중 들었던 한 이야기가 떠올라 얼마 전 가족 면회를 하고 왔다던 해당 후임병에게 물었다. 당시 군인들은 면회 온 부모님이나 친구를 통해 바깥의 소식을 대강 전해 들을 수 있었다.

"박 일병, 그저께 자네가 지금 전국적으로 학생들이 집회 열고 있다고 말하지 않았었는가?"

"예, 그렇습니다. 서울 동국댄가 어딘가에 11공수가 주둔하고 있다던가 했습니다. 왜 그러십니까?"

'혹시 지금 만들고 있는 것이… 아니겠제, 설마….' 아버지는 어쩐지 불길한 생각이 들었다. 아버지가 골몰하며 잠시 일손을 멈춘 바로 그때, 간부가 들어와 부대원들을 닦달했다.

"느리다, 느려! 여유 부릴 시간 없다. 속도 높여서 1인당 백 개까지 만들어라. 할당량 못 채우는 인원 잠 안 재운다. 알겠나?"

"소대장님 저 질문 있지 말입니다."

"뭔데?"

"이걸 대체 어디에 씁니까?"

"그건 알아서 뭐하게 이 새끼야! 쓸데없이 질문할 시간 있으면 하나라도 더 만들어! 잠 안 재운다고 했다."

"……."

어쩔 수 없이 아버지는 다시 하던 일을 이어 가야 했다. 수상한 시절에 군인이 된 자신의 운명을 저주라도 하듯 깎고 다듬었다. 초등학교 저학년 어린이 키만 한 방망이에 검은색 페인트를 칠한 뒤 햇볕에 반나절을 말렸다. 날씨가 좋지 않은 날에는 비닐하우스 모양의 빨래 건조장을 이용했다. 그렇지 않아도 단단한 박달나무인데 일련의 가공을 거치니 어마무시할 정도로 딱딱해졌다. 어린아이가 한눈에 봐도 강력한 살상력을 지닌 무기라는 것을 알 수 있었다. 만일 여기에 조금이라도 스쳤다가는 남아날 뼈나 살이 결코 없어 보였다.

다 만들고 난 방망이는 자그마치 2.5톤 트럭 열 대 분량이나 되었는데 그 많았던 수가 하루아침에 어디론가 감쪽같이 사라져 아버지와 부대원들은 이상하게 여겼다. 그러나 방망이의 행방과 쓰임새에 대해 일러 주는 이는 아무도 없었다. 그 누구도 더 이상 방망이를 만든 일을 입에 올리지 않았다.

영문을 모른 채 여러 날이 지나고 1981년 8월, 33개월 동안의 군 생활을 마치고 집으로 돌아온 아버지는 조모님으로부터 뜻밖의 소식을 전해 듣는다.

"지교야, 벨일 읎었냐? 아이, 시상에 군인들이 시민에게 총을 쏘고, 방망이를 휘두르고 한바탕 난리가 벌어졌었당께."

"예에? 군인들이 시민에게 총을 쐈어라? 그리고 뭐를 휘둘렀다고요, 방망이요?"

"학생으로 보이기만 하믄 냅다 총을 쏘고 검으로 찌르고… 크고 검은 방망이를 인정사정없이 휘둘러 때리싸야… 나가 총알 날아올까 무서워 갖구 이불로 창문 가리고 느이 동생덜 시내 나간다는 거 못 나가게 말렸다."

할머니의 이야기를 아버지는 차마 믿을 수 없었다. 군인이 시민을 때리고 죽였다니…. 그러다가 복학을 위해 학교를 찾은 아버지는 다시금 이루 말할 수 없는 충격에 휩싸인다. 군 복무 당시 자신이 만든 방망이가 계엄군의 진압봉으로 쓰인 '충정봉'이었으며, 이들이 휘두른 충정봉에 의해 아버지의 경영학과 선후배 대다수가 희생되었다는 것이다.

"도청 앞에서 전두환 물러나라고, 계엄군 광주에서 나가라고 외치다가 애국가 나와서 국민의례 하고 있는데 아, 계엄군이 느닷없이 사격을 하드라고요. 앞줄에 있던 분들 피 흘리면서 쓰러지니께 냅다 달려와서는 최루탄 던지고, 진압봉으로 두드려 패대고…… 생각도 하기 싫구만이라. 생지옥이었당께요 슨배님…."

"전투 경찰이 아니고 군인들이 진압봉을 들고 시민들을 두드려 팼시야?"

"지 눈으로 똑똑히 봤당께요. 웜마… 아직도 치가 떨려 갖구. 아, 용문 성이랑 선출이 성이랑 제천이 성도 고 앞에 있다가 냅다 후드러 맞고 연행됐다니께요."

"그건 또 뭔 소리냐? 용문이랑 선출이랑 제천이도 진

압봉에 맞았어?"

"예, 지교 성님. 진압봉이 어린애기 키만 해 가지고…
그렇게 큰 방맹이 처음 봤소, 나는."

그날 아버지는 군 입대 전 삼촌들과 자주 드나들었던
상대 뒤편 선술집에 앉아 소주를 마구 들이켰다. 당신 손
으로 동지들을 죽였다는 죄책감에 미쳐 버릴 노릇이었다.
미리 알았더라면 차라리 항명죄로 영창을 가는 한이 있
더라도 방망이 만드는 일을 거부했을 텐데… 아버지는 지
난날 연좌제 앞에 무력하게 무릎 꿇어 버린 스스로가, 상
관의 부당한 명령을 차마 거절하지 못했던 무기력한 자신
이 비겁하고 원망스러웠다.

"나가 죽었어야 했는디… 나가!"

아직도 피비린내가 가시지 않은 전남대 교정에서 괴로
움에 가득 찬 아버지가 머리를 감싸고 고래고래 악을 쓰다
가 더러운 육신을 씻어 버리겠다며 용지와 지금은 사라진
봉지로 번갈아 가며 뛰어들었다. 이후, 단 한 번도 자신을 용
서하지 않은 아버지는 급기야 당신 안에 스스로를 가뒀다.

"나를 밖으로 꺼내려 하지 말아라잉. 나는 죽은 사람이랑께야! 시상에 읎는 사람이란 말이여!"

언젠가 만취한 아버지가 호통을 치듯 말했다. 이때까지만 해도 나는 아버지를 전혀 이해하지 못하고 당신의 언행이 무책임하다고 여겼다. 아니, 이해라기보다 아버지 안의 상처로 도저히 들어갈 수 없었다는 것이 맞겠다.

그러나 최근 부쩍 늙어 버린 아버지는 몸과 마음이 예전보다 느슨해졌고 이따금 마음의 문이 열릴 때마다 나는 당신 안으로 다녀오곤 한다. 그러자 비로소 연민이 생겼다. 그리고 이 글은 곧 내가 평생 짊어지고 가야만 하는 짐이자 충정봉을 만들어 계엄군 손에 쥐여 준 가해자의 자식으로서 광주와 오월 영령들께 드리는 속죄다.

어용 교수

1980년 5월 27일 새벽, 계엄군이 무력으로 도청을 강제 진압하면서 열흘간의 항쟁은 막을 내렸지만 민주화에 대한 민중의 열망은 곳곳에서 계속되었다. 학내 게시판에 대자보가 자주 붙었다 떼어지는가 하면 감시망을 피해 곳곳에서 시국 선언문을 낭독하고 학생들의 시위 참여로 강의가 중단되는 일이 빈번했다.

그 시절 아버지는 매일 술에 취해 있었다. 술에 취한 채 강의를 들으러 가는 것은 다반사요, 강의가 끝나면 부

죄책감에 시달리던 아버지가 기행을 벌였던 전남대 용지

리나케 상대 뒤편 선술집으로 가서 다시 술을 마구 들이
켰다. 그러다가 인사불성이 되어 집회 중인 후배들의 행
진 대열에 참여해 뒤에서 함께 구호를 외치고 몸싸움이
벌어지면 힘을 보탰다.

그러던 어느 날, 상대에서 후배들이 집회를 열었다. 모
교수의 배반적인 행태를 더는 묵과할 수 없으니 사과를
받아 내고 퇴진을 시키자는 내용이었다. 당시 대학교수
중에는 전두환과 그의 정책을 무조건적으로 옹호하거나
찬양하는 부류들이 있었는데 학생들은 이들을 '어용 교
수'라고 불렀다.

오월 항쟁이 있은 지 얼마 되지 않았는데 학살 책임자

인 전두환을 본받자거나 희생자들을 불순한 무리로 매도하는 발언을 거침없이 해대는 것을 참다못한 상대 학생들이 퇴진 운동에 나선 것이었다. 이날도 마침 상대 뒤편에서 술을 마시고 있던 아버지가 그 소식을 들었다.

"후배덜이 그러고 있는디 내가 여기서 이렇게 있으믄 안 되제⋯."

비틀거리며 술집을 나온 아버지는 시위 대열에 합류하기 위해 상대로 향했다. 이미 수십 명의 후배들이 모여 피켓을 들고 "사과하라!", "퇴진하라!" 등의 구호를 외치고 있었다. 아버지는 이들의 뒤편에서 박수와 응원을 보냈다. 한창 집회 열기가 고조되어 가는 무렵, 해당 교수가 내려와 시위대 앞에 서더니 이러쿵저러쿵 변을 늘어놓았다.

"그만 돌아들 가게. 자네들 본분을 지켜야 쓰지 않나."
"그럴 수 없습니다. 살인마를 찬양한 것에 대해 민족 전대생들에게 사과하시고, 그 자리에서 당장 물러나십시오!"
"자네들 계속 이러면 경찰 불러 해산시킬 수밖에 없어."

교수가 지난 오월 도청 앞에서 있었던 항쟁을 거론하며 공권력을 부르겠다 겁박하자 의기소침해진 후배들이 하나둘 슬금슬금 물러나려 하고 있었다. 뒤에서 그 모양을 본 아버지가 앞으로 나와 일갈했다.

"야 이 자식들아, 니덜 이럴 거면 집회를 왜 열었냐? 억울하게 희생되신 영령들 뵙기 부끄럽지도 않어? 자존심도 읎냐? 이런 작자한테 배우거나 고개 숙일 바에야 혀 깨물고 뒈지는 편이 백번 낫다."

후배들의 기를 살려 주려는 나름의 말과 행동이었는데 참을 수 없이 심기가 불편해진 교수가 아버지에게 언성을 높이며 다그쳤다.

"오지교, 이 버르쟁머리 없는 눔아! 니가 야들을 다독여 갖구 돌려보내두 모자를 판국에 으디서 말을 함부로 하믄서 부추기고 있는 거냐. 이눔을 그냥……!"

말을 마친 교수가 뒤에서 아버지의 허리춤을 양팔로 묶듯 잡아 끌어내리려고 했다. 이를 뿌리치기 위해 아버지가 몸을 좌우로 흔들었는데 그 과정에서 그만 일이 벌어지고 말았다. 아버지의 팔꿈치가 본의 아니게 교수의 안면을 정통으로 강타해 버린 것이다. 그야말로 순식간의 일이었다. 안경이 깨지고 위아래 어금니 대여섯 개가 빠진 교수가 피 묻은 얼굴을 감싸며 도망치듯 안으로 들어가 버렸다.

그날 이후 상대 전체가 발칵 뒤집혔다. 학부생이 교수를 폭행했다는 일로 아버지에 대한 긴급 징계위원회가 소집되었다. 변호사를 선임할 경제적 형편이나 가운데에서 입장을 전달해 줄 인편이 없는 아버지로서는 속수무책으로 처분만 기다릴 수밖에 없었다. 망연자실한 아버지는 술집에 앉아 술만 마셨다.

상황이 긴박하게 돌아가자 당시 상대 교무처에서 근무 중이던 한 선배의 형수가 이 소식을 긴밀히 용문 삼촌에게 알렸다. 판단력이 뛰어나고 진정성 있는 용문 삼촌이라면 어떻게 해서든 함께 문제를 타개할 수 있을 것 같았기 때문이다. 용문 삼촌은 아직 그 사태를 모르고 있었다.

"용문 씨, 큰일 났어라. 지교 씨가 퇴학당하게 생겼어."
"예에? 지교가 왜요? 뭔 일 있었당가요?"

형수로부터 모든 사정을 전해 들은 용문 삼촌이 고민하다가 무작정 학과장을 찾았다. 그러고는 앞뒤 가리지 않고 단도직입적으로 사정을 이야기했다.

"저… 교수님. 오지교라고 아시제요?"

"오지교? 아, 이번에 교수 폭행한 놈 말이여?"

"예, 교수님. 저의 오랜 절친인디… 술에 취해서 본의 아니게 불미스러운 일을 저지른 것 같습니다. 어려우시리라 생각합니다만… 어떻게 좀 선처해 주시면 안 되겠습니까?"

"그런 말 하려고 왔으면 돌아가게! 그 선생 지금 어떻게 됐는 줄 아는가? 안경이 부서지고 치아가 여러 개 빠졌어. 그런데 어떻게 용서가 되나?"

"저도 알고 찾아온 겁니다. 당장 선처가 안 된다면… 징계위원회라도 우선 철회해 주시믄 안 되겠습니까?"

"글쎄 안 된다니까. 돌아가게!"

학과장의 완강한 태도에 용문 삼촌은 할 수 없이 발걸음을 돌렸다. 두 번째, 세 번째 교수를 찾았지만 역시나 낭패였다. 적절한 방편을 고민하던 용문 삼촌은 상대 뒤편에서 술을 마시고 있던 아버지를 찾았다.

"지교야, 너 졸업은 해야 할 거 아니여. 엄니 생각도 해야제."

"어떻게 하믄 될까? 실수라고 해도 사람이 그 지경이 됐다는디…."

"네가 직접 뛰어다녀야제. 나가 동행할 텐께 같이 교수님들 찾아다니자. 그래서 머리를 조아리든 무릎을 꿇든 하자. 내가 인자부텀은 너 분신이여야."

그길로 아버지와 삼촌은 다시 상대 교수들을 일일이 찾아뵙고 용서를 빌었다. 피해 당사자와 일부 교수들은 눈도 마주치지 않고 거절했지만, 직접 찾아와 몸을 낮추

어용 교수 사건 당시 아버지 변호와 구명에 적극 나선 〈임을 위한 행진곡〉 작곡자 김종률 선생님의 글귀가 담긴 CD.

고 거듭 용서를 구하는 행동에 마음을 연 교수가 있는가 하면, 행동을 조심히 했다면 다치지 않았을 것 아니냐며 훈계를 하는 교수도 있었다. 그렇게 두 사람이 애쓰는 사이 상대 후배들은 아버지에 대한 징계위원회 철회를 요청하는 서명운동을 진행하고 집회를 열어 의견을 전달했다. 이때 도움을 주신 분이 〈임을 위한 행진곡〉 작곡자인 김종률 선생님이다.

이처럼 많은 분들의 도움으로 아버지는 간신히 최악의 상황을 면하고 정학 처분을 받는 것으로 사태는 마무리되었다. 하지만 이때의 일을 계기로 아버지는 더욱 완강히 마음의 문을 걸어 잠그고 세상과 사람들로부터 거리를 두게 된다.

그리운 정석구

정학 처분을 받고 집에서 머물며 책을 읽거나 소일하며 시간을 보내던 아버지는 옛 친구의 연락을 받고 충장로우체국으로 나갔다. 전일빌딩 건너편 충장로2가에 있는 충장로우체국은 광주 시내에서 대표적인 만남의 장소였던 까닭에 소위 '우다방'이라 불렸다. 그 바로 위에 있는 학생회관 길에는 포장마차촌이 있었다.

"지교야!"

목소리가 들리는 쪽을 보니 키가 작고 마른 남자가 자신을 향해 웃으며 걸어오고 있었다. 아버지도 반가워하며 다가갔다.

"야, 석구야. 얼마 만에 보냐? 반갑다잉."
"너도 하나도 안 변했구마. 살이 좀 오른 것 같은디…
잘 지냈제?"
"그럭저럭 살았제. 서울 생활은 할 만하냐, 어쩌냐?"
"광주나 서울이나 똑같제. 소주나 한잔하자."

아버지와 오랜만에 만나 반갑게 이야기를 나눈 분은 한겨레신문 편집인을 지낸 정석구 선생님으로 아버지와 중·고등학교를 같이 다닌 절친이었다. 또래들보다 키는 작았지만 자존심이 강하고, 불의를 보면 물불 가리지 않고 나서는 정의로운 친구였노라고 아버지는 기억했다.

방학을 맞아 오랜만에 고향으로 내려온 정석구 선생님과 아버지는 우체국 뒤편 포장마차에서 술을 마시며 이야기를 나눴다. 반가운 마음 때문인지 아니면 그동안 쟁여 두었던 말이 많았던 탓인지 여느 때보다 술이 달았다.

"지교야, 다른 친구들한테 대강 이야기는 들었다. 마음고생 심했겠다."

"고생이랄 것이 있겠냐. 시절이 사람을 미치게 만들어 버리는 거제."

"이해한다. 은제꺼정 그 지긋지긋한 빨갱이 소리 늘어놓고 총칼로 몰아넣을 수작인 건지…."

정석구 선생님도 부친의 이력 때문에 연좌제라는 사슬이 사사건건 발목을 잡아 하는 일이 순탄치 않다는 공통분모가 있었으므로 용문 삼촌들만큼 아버지와 마음이 잘 맞았다. 두 사람 모두 서슬 퍼런 시절에 이리저리 긁히고 부딪히고 찢어진 희생양이었던 셈이다.

"박정희 죽으니까 막힌 숨이 절로 트이드만… 전두환이라는 작자가 숨구멍을 다시 막아 버리네. 염병헐 시상!"

정석구 선생님의 이야기를 들으며 잔을 기울이던 아버지가 조심스럽게 말했다.

"그란디 석구야. 생각해 보믄 말이다… 그나마 박정희

가 낫다는 생각이 든다. 그놈은 전두환처럼 그라도 사람을 마구잡이로 죽이지는 않았잖냐. 경제도 살리…….”

아버지가 말을 다 마무리 짓기도 전에 소주잔이 벽에 부딪쳐 산산조각 나고 술상이 엎어져 그릇과 음식이 바닥에 나뒹굴었다. ‘박정희가 낫다’는 아버지의 말에 울분이 치민 정석구 선생님이 크게 역정을 냈다.

“야, 오지교! 너 어찌케 그런 말을 할 수 있냐? 뭐, 뭐가 어쩌고 저째? 박정희가 나아야? 야, 너 이렇게 안일한 놈이었냐? 그 망할 놈의 새끼 때문에 억울하게 병신 되거나 죽은 사람들이 얼만데, 그 원혼들이 아직꺼정도 사방팔방으로 구천을 떠돌아다니는데 너 어떻게 함부로 그따위 말을 할 수 있냐? 그 새끼나 쩌그 살인마나 똑같애. 거기서 거기랑께? 그런데 뭐가 나아? 내가 이런 개소리를 들으려고 서울에서 내려온 줄 아냐? 그래, 너 말 한번 잘했다. 이게 너의 실체였구마. 혼자 실컷 처마시다가 가라, 새끼야. 먼저 갈란다.”

“야, 석구야. 그게 아닌디 내 말은… 야, 석구야 잠깐만 말 좀 들어 봐라! 석구야!"

당황한 아버지가 큰 소리로 부르며 쫓아갔으나 정석구 선생님은 뒤도 돌아보지 않고 멀어져 갔다. 한참을 넋이 나간 채 서 있던 아버지는 결국 다른 장소로 옮겨 늦은 밤까지 혼자 술을 마시고 만취해서 귀가했다. 정석구 선생님의 마음을 더 잘 헤아리지 못한 자신이 실망스러웠다.

학생회관 옆 옛 충장로 포장마차 거리

"혹시 정석구 기자 소식 알고 있냐? 으디서 살고 있나 궁금허다. 사람이 얼굴이나 목소리 말고 상처를 닮기란 여간 어려운 일이 아닌디… 그것이 내가 석구 녀석을 좋아했던 이유였는디….."

언젠가 술에 취한 아버지가 꺼낸 말이었다. 시대와 사람에 수없이 상처받았으면서도 다시 사람을 찾고 좋아하셨던 아버지는 최근 나주시 삼영동 별봉산 자락에서 자연과 벗하며 오래도록 감금하다시피 했던 당신을 조금씩 흘려보내고 있다.

"부디 나처럼은 살지 않았으믄 좋겠다. 나처럼은……."

부쩍 말라 이제는 뼈와 주름만 만져지는, 그러나 한없이 따뜻하기만 한 손으로 아버지가 내 손을 잡으면서 말했다. 레닌의 언덕을 닮은 별봉산 아래 숲에 앉아서.

*

에필로그

늦은 고백

어린 시절 가족끼리 떠난 나들이에서 아버지와 어머니, 동생(왼쪽 아래)

　　나의 아버지는 지극히 보잘것없는 소시민이다. 다른 아버지들과 마찬가지로 눈뜨면 씻고 밥 먹고 일을 다녀와서 고단한 몸을 눕히는, 그 이상도 이하도 아닌 사람이다. 그래서 글을 쓰기 전에 많이 망설였다. 혹시나 내가 아버지를 과대하게 포장하는 것은 아닐까, 아버지 이야기를 내세워 독자들을 현혹하는 것은 아닐까. 그러지 않기 위해서는 스스로와 거리를 두는 것이 먼저였다. 내가 나에게 어느 정도 거리를 두고 나서야 글쓰기를 시작할 수 있었다.

글을 쓰기 전까지만 해도 아버지는 머리가 검고 살집이 많았는데, 글을 쓰고 난 뒤 마주하니 머리는 어느새 하얗게 세 있었고 파수병과 같은 억센 치아도 거의 남아 있지 않았다. 빈틈이 많아졌기 때문에 이전처럼 속내를 잘 단속하지 못하는 것일까. 아버지는 이따금 망설이면서도 오래 묵혀 둔 고백들을 꺼냈다.

글을 쓰는 동안 나이를 먹어 가는 일에 대해 생각했다. 아마도 그것은 뿌리 깊은 증오나 체념에서 벗어나 연민을 채우는 일일까. 미처 아버지를 이해하지 못했을 때 당신은 언제나 견고한 벽 혹은 나무나 다름없었다. 그러나 글을 쓰기 위해 아버지의 문을 몰래 드나들고 차갑게 웅크리고 있는 당신의 심장을 어루만질 때마다 나는 벽이나 나무와 다름없다고 생각했던 아버지와 조금씩 가까워진다는 느낌이 들었다. 쉽든 어렵든 어른이 되기 위해서는 아버지의 삶을 끌어안아야만 했다. 그런 나는 이제야 비로소 아버지의 시간을 공유하고 독자들에게 사연을 고백한다.

지난 3월, 할머니 장례식장에서 삼십여 년 만에 재회한 아버지와 삼촌들

이 글은 거창한 역사 기록도 아니고 흥미진진한 소설은 더더군다나 아닌, 그저 내 아버지의 이야기에 불과하다. 그러나 동시에 세상 모든 우리네 아버지들의 이야기이기도 하다. 그동안 미디어를 통해 접했던 광주 5·18이 크고 넓은 강의 본류라면, 이 이야기는 본류 주변에 형성되어 흐르고 있는 자잘한 지류라고 할 수 있다. 사소하고 평범한 소시민의 일상이 어떻게 역사로 편입되는지 이야기하고 싶었다.

아버지의 늦은 고백을 담은 이 산문집을 기점으로 더

욱 많은 고백이 이어지고 가라앉았던 진실이 수면으로 떠오르기를 바란다. 그것이 유일한 욕심이다.

내 '태생적 죄책감'을 믿고 응원해 주신 김용문, 김선출 두 삼촌께 감사드린다. 언제나 그랬듯 속죄하는 마음으로 서두르지 않고 걸어가겠다. 그 마음이 머무르는 지점에 시와 삶이 있으리라.

세상에 없는 사람
−80년 오월을 거쳐 간 어느 시민의 이야기

2024년 5월 15일 초판 1쇄 펴냄

지은이	오성인
펴낸이	김성규
편집	김안녕 조혜주 한도연
디자인	신혜연
펴낸곳	걷는사람
주소	서울 마포구 월드컵로16길 51 서교자이빌 304호
전화	02 323 2602
팩스	02 323 2603
등록	2016년 11월 18일 제25100-2016-000083호

ISBN 979-11-93412-37-4 (04800)
ISBN 979-11-89128-13-5 세트

* 이 책은 전라남도,(재)전라남도문화재단의 후원을 받아 발간되었습니다.
* 이 책 내용의 전부 또는 일부를 재사용하려면 반드시 지은이와 출판사의 동의를 얻어야 합니다.